KB214152

살인을
시작하겠습니다

살인을 시작하겠습니다

배예람
장편소설

이지북
EZbook

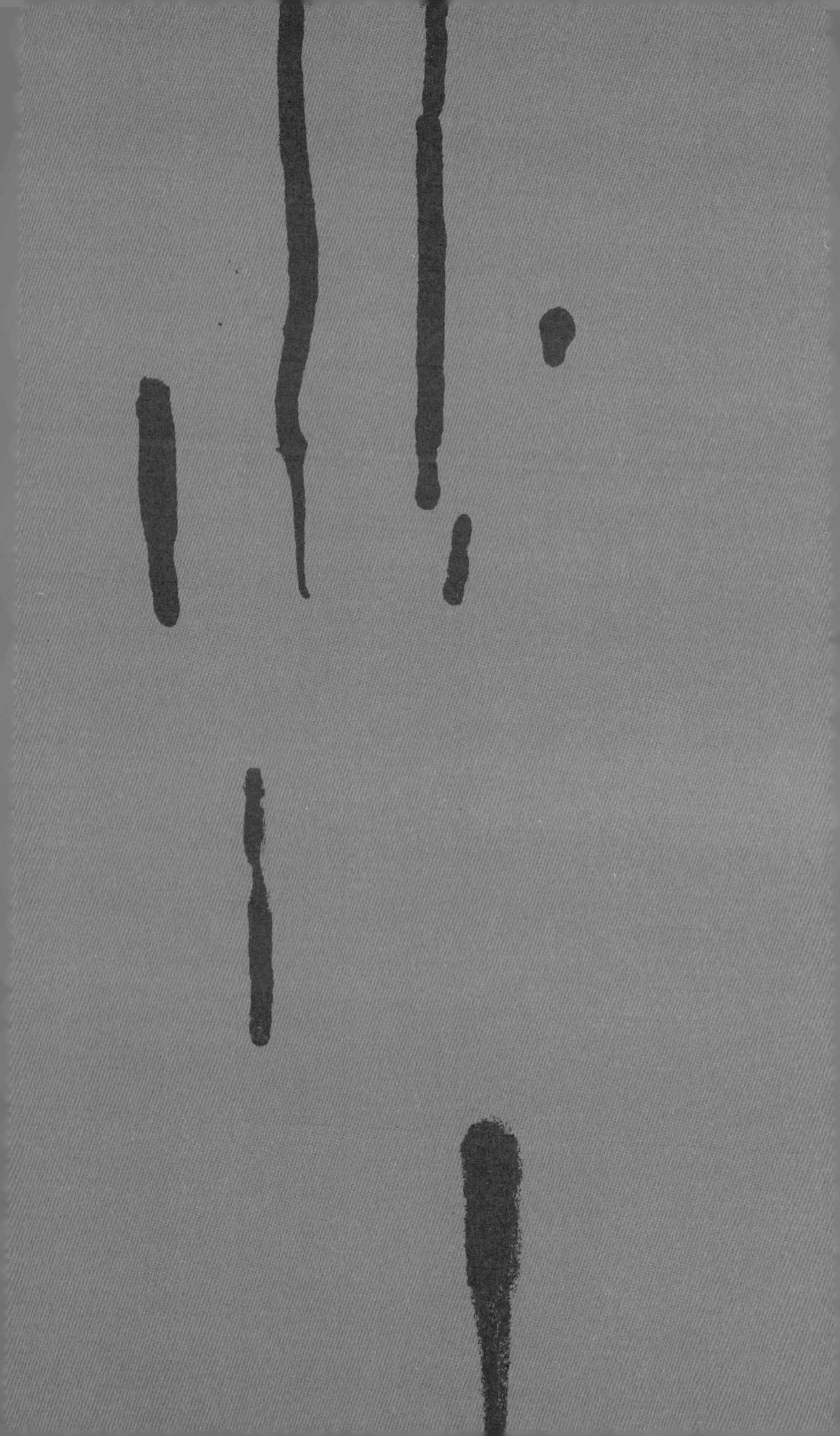

차례

죽이고자 하는 열의가
나를 움직이는 모든 것이었고

1층

목이 긴 여자

종이 울렸다. 익숙하면서 거슬리는, 세상모르고 잠에 빠진 학생도 벌떡 일어날 정도로 무시무시한 곡조였다.

음산한 음표의 향연이 끝없이 이어지며 아주 잠깐, 사방이 소란스러워졌다. 노래는 장송곡으로 연주해도 어색하지 않을 만큼 비통했고, 동시에 고전영화 클라이맥스를 장식해도 될 만큼 엄숙하고 위엄했다. 어둠에 잠긴 1학년 3반 교실, 책상에 엎드려 있던 봉암여자고등학교 2학년 5반 송나희는 마침내 잠에서 깼다. 식은땀으로 젖은 얼굴에 모의고사 시험지가 달라붙어 있었다. 초여름의 끈적한 습기가 나희의 온몸을 무겁게 짓눌렀다.

나희의 흐릿했던 시야가 서서히 분명해졌다. 모든 감각이 평소대로 돌아왔을 때 가장 먼저 든 생각은 '망했다'였다. 아무도 없는 빈 교실, 어두컴컴한 사방에 빛이라고는 교탁에 놓인 작은 스탠드 조명뿐이었다. 이곳에서 평소처럼 체육복을 입은 채로 엎드려 잠이나 자고 있었다니, 상황은 보지 않아도 뻔했다. 잠에 취해 희미했던 기억들이 파도처럼 밀려들어와 나희의 분홍빛 뇌를 두드려댔다.

오늘은 6월 모의고사를 본 날이었다. 지금까지 몇 번의 모의고사를 치렀지만 오늘은 그중에서도 최악의 점수를 받았다. 깐깐한 학원 선생님에게 시험지를 보여줄 생각에 막막해져 한숨을 쉬었고, 반으로 접은 시험지를 가방에 집어넣고서 자리를 정리했고 그리고……. 그 뒤의 기억이 없으니 그대로 잠든 게 분명하겠지. 모의고사를 망치는 날마다 죽은 듯이 잠들어버리는 건 나희의 오랜 습관이었다. 나희는 신경질적으로 가방을 찾아 몸을 돌렸다. 의자에는 아무것도 걸려 있지 않았다. 그제야 소름 끼치는 여러 질문이 귓가에서 메아리쳤다. 꿈과 현실의 경계에 반쯤 걸쳐 있다는 핑계를 대며 애써 미뤄둔 질문들이었다.

지금이 몇 시지? 칠판 위에 있어야 할 시계가 보이지 않았다. 내 가방은 어디로 간 거지? 내 자리는 맨 뒷줄인데, 왜 여기 앉아 있던 걸까? 교탁에 원래 저런 조명이 놓여 있었나? 처음 보는 물건이다. 그렇다면, 나는 대체 어디에서 잠들었던 걸까?

나희는 반사적으로 체육복 바지 주머니에 손을 집어넣었다. 불행히도 잡히는 건 없었다. 휴대폰이, 손목시계가, 세상과 연결되어 있다는 느낌을 주는 모든 것이 사라졌다. 손바닥을 허무하게 내려다보았다. 문득 정체모를 공포가 나희의 온몸에 스며들었다.

나희는 자리에서 벌떡 일어나 교실 문으로 다가갔다. 앞문은 단단히 잠겨 있었다. 기다란 손잡이에 손가락을 욱여넣고 미친 듯이 당겨봐도 꿈쩍도 하지 않았다. 뒷문도, 교실 벽면을 따라 난 창문들도 마찬가지였다. 복도에 누군가 있다면 소리를 듣고 달려와주지 않을까? 어렴풋한 믿음에 희망을 품고, 나희는 온 힘을 다해 문과 창문을 두드렸다. 텅 빈 복도에서는 아무런 대답도 들려오지 않았다. 학교 전체가 쥐 죽은 듯이 고요했다. 공포에 질려서 씩씩대며 애처롭게 제 존재를 알리는 나희를 제외하면.

문도 창문도 열리지 않는다. 휴대폰도 없고 천장등의 스위치는 먹통이다. 어쩌면 이렇게 아침이 올 때까지 갇히게 되는 건 아닐까? 스멀스멀 돋아나는 소름이 두 팔과 두 다리를, 목덜미를 점령하며 이성을 갉아먹었다. 깜깜한 밤 홀로, 그것도 어디인지도 모르는 교실에 휴대폰도 없이 갇혔다는 사실이 그렇게 두려울 수가 없었다. 두려움은 나희가 평소라면 감히 생각도 하지 못할 짓을 저지르게 만들었다.

나희는 마지막 희망을 담아 창문을 향해 의자를 던졌다. 퉁, 소리와 함께 의자가 튕겨 나왔다. 흠집 하나 생기지 않고 멀쩡한 창문을 살피던 나희는 망연히 또 다른 가능성을 떠올렸다. 혹시 아직 꿈을 꾸는 중인가? 그래, 그러면 모든 게 설명된다.

꿈이라는 생각이 들자 뒤늦게 교실을 둘러볼 마음이 들었다. 교실 전면에 자리 잡은 칠판의 형형색색 그림들이 제일 먼저 나희의 시선을 끌었다.

크고 작은 각종 문양이 끝없이 이어지며 칠판을 가득 메웠다. 하트, 리본, 별, 물결, 꽃, 귀엽게 웃는 얼굴 등등. 스승의날에나 볼 법한 광경이었다. 그림들 사이로 정갈하게 쓰인 글자가 시야에 들어왔다. '0교시 삶의 영역.' 나희의 고개가 반쯤 기울었다. 0교시고 삶의 영역이고 들어본 적도 없고, 그 정체가 궁금하지도 않았다. 귀여운 그림들 사이에는 '0교시 삶의 영역' 같은 것보다 '선생님 사랑해요. 스승의날 축하드려요' 따위가 적혀 있어야 옳았다.

조금 전 나희의 뺨에 달라붙었던 시험지가 바람에 휘날려 바닥으로 떨어졌다. 휘황찬란한 칠판과 한가운데 적힌

수상한 문구, 기다렸다는 듯 때맞춰 떨어지는 시험지. 모든 게 잘 짜인 한 편의 연극 같았다. 무대의 유일한 주인공인 나희는 하릴없이 창문을 살피다가, 미세한 금조차 나지 않았다는 사실을 다시 한번 확인한 뒤 돌아섰다. 꿈에서 깨려면 멍청하게 제자리를 지키는 것보다는 적극적으로 움직이고 부딪히는 게 좋다. 사흘이 멀다고 매일같이 악몽을 꾸는 나희가 그간의 경험을 통해 얻은 소중한 지혜였다.

나희는 투박한 손으로 시험지를 주워 들었다. 시험지는 총 두 장이었고 첫 번째 쪽은 표지였다. 도대체 무슨 꿈인건지 제대로 이해할 수는 없었지만, 지금까지의 상황만 보면 놀라울 정도로 독특하고 창의적이었다. 창의적인 만큼 지독했다. 나희는 제 무의식에 이토록 풍부한 상상력이 숨어 있으리라곤 생각도 하지 못했다.

2024학년도 6월 고2 전국연합학력평가 표지, 그 아래 쓰인 의미를 알 수 없는 글자가 또다시 뇌리에 박혔다. 제 0교시 살의 영역.

표지에는 성명과 반 번호를 기입하는 칸이 있었다. 그리고 필적확인란에 적어야 할 문구도 보였다. '죽이고자 하는 열의가 나를 움직이는 모든 것이었고.' 나희는 문구를 다시 한번 천천히 읽었다. 죽이고자 하는 열의가 나를 움직이는 모든 것이었고. 죽이고자 하는 열의가, 나를, 움직이는, 모든 것이었고. 홀린 듯 표지를 살피는 나희의 손에 어느새 펜이 쥐어 있었다.

뒷목이 후끈거렸다. 관자놀이에서 세차게 뛰는 맥박 소리가 피부를 뚫고 들려오는 것만 같았다. 짧은 문장을 속으로 곱씹고 또 곱씹을수록 이상하게 속이 울렁였다.

이름과 반 번호를 적고, 필적확인란에 '죽이고자 하는 열의가 나를 움직이는 모든 것이었고'를 따라 썼다. 그 모든 과정이 자연스러웠다. 맥없이 끝나는 이 문장을 적기 위해 태어난 사람처럼, 나희는 한 치의 의심도 하지 않고 모든 칸을 채웠다. 그리고 표지를 넘겨 문제지를 확인했다.

문제는 총 세 개, 특이하게도 주관식이었다.

1. 살의란 무엇인가?
2. 사람을 죽이는 데 가장 적절한 방법은 무엇이라 생각하는가?
3. 죽이고 싶은 사람의 이름과 반 번호를 쓰시오.

죽이고 싶은 사람은 단 한 명뿐이었다. 더도 말고 덜도 말고 딱 한 명.

지난 17년, 짧다면 짧다고 할 수 있는 시간 동안 나희의 목표는 오직 하나였다. 벗어나지 않는 것. 주어진 길을 따라 걸으면 그 끝에 원하는 무언가가 기다리고 있을 거라 믿어 의심치 않는 것. 자신이 원하는 게 무엇인지 정확히 알지 못해도 묵묵히 걷는 것. 튀지 않는 것. 부모님의 속을 썩이지 않는 것. 매일 조용히, 있는 듯 없는 듯 풍경 속에 녹아드는 것. 착하게우직하게똑바로주어진길을열심히튀지말고화내지않고속썩이지않고짜증내지않고모범적으로순응하며복종하며살의로똘똘뭉친마음을꾹누르며…… 죽이지 않는 것.

나희의 머릿속에 떠오른 단 하나의 얼굴은 새하얗다. 감탄을 자아내는 하얀 피부에 큼직하게 자리 잡은 이목구비는 어쩜 그렇게 시원스럽고 예쁜지, 언제나 나희의 부러움을 사곤 했다. 자신의 얼굴에 있으면 보기 싫던 점도 이경의 얼굴에 찍혀 있으면 우아하고 사랑스러워 보였다.

박이경. 그 아이의 이름이다. 나희가 죽이고 싶어 하는 유일한 사람.

0교시 살의 영역의 시험 규칙을 안내해드립니다!

갑작스러운 음성에 나희는 짧은 비명을 터뜨렸다. 소리의 근원지는 칠판 옆에 설치된 티브이 모니터였다. 치지직하는 소리와 함께 불이 들어온 화면 구석에서 귀여운 노란색 토끼가 빼꼼 고개를 내밀었다. 그는 초롱초롱한 눈을 빛내며 공중제비를 돌더니, 나희를 향해 앙증맞은 손을 흔들며 첫 인사를 건넸다. 두 손을 모은 토끼는 잠자코 나희의 반응을 기다리는 듯했으나, 겁에 질린 나희는 책상을 붙든 채 침묵했다. 어디서 많이 본 얼굴인데, 누구였더라? 정적이 길어지자 결국 기다리다 못한 토끼가 발랄한 목소리로 조잘대기 시작했다.

매년 6월 모의고사가 끝난 자정부터 동이 트기 전까지 열리는 '0교시 살의 영역'에 응시하게 된 당신! 진심으로 환영합니다, 환영해요! 저는 0교시 살의 영역의 규칙을 설명할 봉암여고의 마스코트, 봉봉이입니다. 잘 부탁해요! 신난다, 신입이다!"

토끼는 다시 한번 공중제비를 돌며 나희를 향해 눈을 찡긋거렸다. 나희는 그제야 봉봉이를 마주했던 기억을 떠올렸다. 봉봉이는 봉암여고의 오래된 마스코트이자 이제는 학생들의 기억에서 지워진, 유치하고 조잡한 캐릭터였다.

가끔 과거를 추억하는 선생님들이 가져온 자료에서나 발견되는, 흐르는 시간을 따라잡지 못하고 한참 뒤쳐진 존재.

나희가 미동 없이 굳어 있자 봉봉이는 체념한 듯 토라진 얼굴로 설명을 이어갔다.

현재 시각은 자정! 송나희 양이 있는 곳은 0교시 살의 영역 시험장인 봉암여고 본관입니다. 하지만 이곳은 현실을 살짝 빗나간, 어긋난 차원이랍니다! 이곳에서 저지른 짓은 절대로 현실에 영향을 끼치지 않아요! 0교시 살의 영역의 목표는, 동이 트기 전까지 본관을 벗어날 수 있는 문을 열어 '현실'로 돌아가는 것입니다!

0교시 살의 영역 응시자 중 한 명인 송나희 양이 있는 곳은 본관 1층 1학년 3반 교실입니다! 미안하지만 현재 밖으로 나가는 모든 문과 창문은 단단히 잠겨 있어요. 조금 전에 시도해봐서 알겠지만, 의자로 아무리 내리쳐도 부서지지도 깨지지도 않는답니다! 송나희 양이 열 수 있는 유일한 문은 본관 3층에서 별관 건물로 통하는 구름다리 문뿐이랍니다. 물론…… 3층으로 가는 게 그렇게 쉽다면 0교시 살의 영역을 '시험'이라 부르지는 않겠죠?

송나희 양이 1학년 3반 교실을 떠나 '출발'하는 순간, 학교에 있는 '무언가'들이 송나희 양을 막으려고 할 겁니다. '그들'은 아주 무시무시하고 사악한 존재들이죠! 하지만 송나희 양이 재치를 발

휘해 무사히 '그들'을 피한 뒤 3층에 도달한다고 해도, 구름다리 문은 단번에 열리지 않아요. 문을 여는 방법은 오직 하나! 바로바로바로…… 시험장에 있는 또 다른 응시자, 박이경 양을 죽이는 거예요! 꺄아!

잔뜩 흥분한 봉봉이의 얼굴에 홍조가 피어올랐다. 그는 도저히 참지 못하겠다는 듯, 양손을 꽉 마주 잡고 신나게 춤을 추었다. 마치 좋아하는 상대에게 고백하기 직전의 소녀처럼 설렘과 두근거림이 한껏 담긴 춤사위였으나, 나희의 안중에는 들어오지 않았다. 박이경이라는 이름을 들은 순간부터 그랬다.

내가 박이경을 죽여야 한다고?

박이경 양은 본관 5층에서 깨어나, 송나희 양과 마찬가지로 구름다리 문을 열기 위해 3층으로 내려올 겁니다! 박이경 양을 막기 위한 '무언가'도 존재하니, 송나희 양과 박이경 양이 3층에 도달하는 시간은 비슷할 거예요! 3층에서 박이경 양을 마주치면, 이때다! 하고 고민 없이 박이경 양을 죽여버리면 됩니다! 꽥! 박이경 양을 죽이면 문이 열리고, 송나희 양은 합격자가 되어 현실로 돌아갈 수 있답니다! 상대를 죽이는 데 성공한 사람만이 문을 열 수 있고, 문이 열리면 합격자가 되어 살아남는 것이죠!

반대로 박이경 양이 송나희 양을 먼저 죽이거나, 혹은 3층에 도달하기도 전에 송나희 양이 '그들'에게 죽는다면…… 송나희 양은 최악의 결말을 맞이하게 될 거예요! '그들'과 싸우지도 않고, 박이경 양을 죽이지도 않고, 가만히 1학년 3반 교실에만 틀어박혀 있으면 어떻게 되냐고요? 아까 말씀드렸지만 살의 영역에는 제한 시간이 있어요! 동이 틀 때까지 문을 열지 못하면 안타깝지만, 또 꽥! 역시 최악의 결말! 송나희 양이 3층에 도달하기 전 '그들'에게 죽어버리거나, 아무것도 하지 않은 채로 시험 시간이 끝나버린다면……. 봉봉이가 원하는 그림은 아니지만, 살아남은 박이경 양을 합격자로 만들 수밖에 없답니다! 0교시 살의 영역은 합격자를 꼭 필요로 하거든요! 박이경 양이 합격자가 되면, 송나희 양은 이곳에서도 현실에서도 비참하게 죽은 채로, 모두에게 서서히 잊힐 거예요.

여기까지 이해가 되었나요? 나가고 싶으면 죽여라! 죽기 싫으면 죽여라! 0교시 살의 영역에 응시할 준비가 되었다면, 문제지의 세 가지 질문에 답을 적어주세요! 마지막 질문에 답을 적는 순간, 살의 영역은 시작되고 1층에서 송나희 양을 저지할 '적'에 대해 들을 수 있답니다!

봉봉이는 속눈썹이 빽빽한 두 눈을 깜빡이며 수줍게 웃었다. 화면 속에서 유유히, 빙글빙글 돌던 그는 나희에게서 대답이 돌아오지 않자 상황이 궁금한 듯 점점 몸집을 키웠다. 꼭 화면 밖의 나희에게 가까이 다가오는 것처럼.

너무 걱정하지 마세요! 봉봉이의 역할은 무슨 일이 있어도 합격자가 탄생하도록 시험을 관리감독 하는 것이랍니다! 3층에 도착하지도 못하고 허무하게 합격자 자리를 넘기게 되는 그림은, 너무 억울하고 재미가 없잖아요? 송나희 양이 3층에서 박이경 양을 죽일 수 있도록 항상 곁에서 지켜보며 난이도를 조절할 테니, 송나희 양은 박이경 양을 죽이는 일에만 집중해주세요! 박이경 양도 송나희 양을 죽이기 위해 최선을 다할 테니까요! 으으, 무서워……. 저는 꼭 송나희 양이 합격자가 되었으면 좋겠어요, 그렇죠? 박이경 양보다는 송나희 양이 훨씬 더 좋은 사람이잖아요!

꿈은 무의식을 반영한다고들 한다. 은밀한 욕망, 어쩌면 나조차도 알지 못했던 진짜 나의 마음이 예상치 못한 방식으로 튀어나오고 새어 나오는 게 바로 꿈이다. 뒤틀리고 꼬인 채로 사방에 흩어지는 욕망의 잔재들. 꿈속에서 그것들을 맞닥뜨린 뒤에야 우리는 종종 자신의 진심을 마주하고 소스라치게 놀란다. 그건 나희에게도 적용되는 진리였으니 깨지지 않는 창문도, 노란 토끼 봉봉이도, '0교시 살의 영역' 따위도 전부 나희의 꿈속에서만 존재할 게 분명했다. 그렇지 않고서야 도저히 이 상황을 설명할 수 없었다. 그러니…… **괜찮을 거야.** 마음속에서 낯설지만 가까운 목소리가 나희에게 속삭였다. 신기하게도 한 번의 속삭임에 모든 게 안심이 되었다. **음습하고 괴팍한 꿈을 꾸는 거야. 조금만 기다리면 금방 깨어나겠지. 그렇지만 너도 잘 알듯이, 제자리에 가만히 머무르는 것은 꿈에서 깨어나는 데 아무런 도움도 되지 않아.** 나희는 자리에 앉아 다시 펜을 들었다. 고작 세 개의 질문에 답을 하는 것뿐이다. 그렇다고 해서 세상이 무너지진 않는다.

1번, 살의란 무엇인가. 간단한 질문이었다. 나희는 간결하게 답을 써 내려갔다. 사람을 죽이고 싶어 하는 마음. 2번, 사람을 죽이는 데 가장 적절한 방법은 무엇이라 생각하는가. 질문을 읽자마자 문득 머리에 떠오르는 물건이 있었다. 나희는 빠르게 짧은 문장을 휘갈겼다. 3번, 죽이고 싶은 사람의 이름과 반 번호를 쓰시오.

죽이고 싶은 사람. 새하얀 얼굴과 길쭉한 팔다리, 광대뼈에 박힌 독특한 점, 피아노 소리. 나희는 생각에 잠겼다.

한때 자신이 아꼈던 그 모든 것을 떠올리며.

톡톡. 창을 두드리는 소리가 들려 고개를 든 나희는 화면 속 봉봉이의 모습을 보고 깜짝 놀라 옅은 비명을 내뱉었다. 어느새 화면을 꽉 채울 정도로 커진 봉봉이의 얼굴은 조금 전과 같은 토끼라고는 믿어지지 않을 정도로 괴상했다. 붉게 충혈된 눈이 금방이라도 화면을 뚫고 터져나올 듯 나희를 노려보았다. 봉봉이는 날카로운 이빨을 감춘 입을 주욱 찢으며 물었다.

송나희 양…… 하실 거죠?

봉봉이의 손톱 끝이 번뜩이는 것을 멍하니 바라보던 나희는 문제지에 마지막 답을 썼다.

2학년 5반 13번 박이경.

얏호! 봉봉이가 환호성을 지르며 또 한 번 공중제비를 돌았다. 어느새 원래 크기로 돌아온 그는 나희를 향해 눈을 찡긋하더니, 어딘가를 쳐다보며 손가락을 튕겼다. 누군가 마법을 부리는 듯한 효과음이 이어졌고, 앞문의 잠금장치가 풀리는 소리가 들렸다. 그리고 그 순간, 교실 너머에서 비명이 들렸다.

이런! 송나희 양을 죽이기 위해 벌써 1층의 적이 다가오고 있나 봐요! 하지만 걱정하지 마세요. 제가 적을 피할 수 있는 방법을 상세하게 알려드릴 테니까요! 신난다! 그럼, 새로운 살의 영역 시험을 시작합니다!

나희는 박이경을 생각했다. 나희는 박이경을 죽이고 싶었다. 그 어떤 상황에서도 변하지 않을 마음이었다. 다시 한번 종이 울렸다.

봉봉이가 짝, 하고 소리 나게 손뼉을 침과 동시에 0교시 살의 영역이 시작되었다.

*

혼자이고 싶지 않아.

널찍한 강당에 오도카니 서서, 나희는 곱씹어 생각했다. 이번에도 역시, 혼자이고 싶지 않았다.

새로운 시작을 마주하는 건 언제나 긴장되는 일이다. 봉암여자고등학교 1학년 3반 송나희는 초조하게 눈을 굴리며 삼삼오오 무리 지어 속닥거리는 학생들 틈으로 끼어들었다. 나희는 낯선 사람에게 살갑게 말을 거는 아이들을 저도 모르게 흘긋거렸다. 지난 16년간의 경험으로 나희는 노력해도 평균에 도달할 수 없는 영역이 있다는 걸 알았다. 나희의 경우에 그 영역은 언제나 '친구 만들기'였다.

학교, 새 학기, 입학식. 가벼운 단어들의 나열만으로도 속이 메슥거렸다. 혼자이고 싶지 않다는 강렬한 열망이, 어쩌면 인간으로 태어난 순간부터 불가피하게 맞닥뜨릴 수밖에 없는 그 본능이 어느 때보다 더 강하게 나희를 짓눌렀다. 경계하는 눈초리와 짧은 곁눈질로 서로를 쉽게 판단하는 분위기, 웃음과 미소 뒤에 숨겨진 묘한 적개심. 절로 혀를 내두르게 만드는 모든 것에도 불구하고 나희는 간절히 소속되고 싶었다. 함께이고 싶었다.

소속되기 위해서는 오늘의 입학식이, 첫인상이 무엇보다 중요했다. 여기서 망쳐버리면 1년이 끝장난다. 모두가 혼자 있는 나희를 당연하게 여기고, 나희 스스로도 혼자인 자신이 당연해져버릴 것이다. 그런데도 인사 한 번 먼저 건네지 못하고 쩔쩔매는 스스로가 한심했다. 최대한 무구한 표정을 지어 보이며 누군가 말을 걸어줄 때까지 입술만 달싹이는 게 그나마 나희가 할 수 있는 최선이었다. 나희는 발끝으로 애꿎은 강당 바닥을 찍어댔다.

서른 명이 채 되지 않는 1학년 3반 아이들이 누군가의 명령에 따라 두 줄로 섰다. 무대 상단에 걸린 입학 축하 현수막에 순간 정신이 팔린 나희는 아이들을 따라 다급히 제자리를 찾았다. 같은 중학교에서 올라온 경우가 많은지, 대부분의 아이에겐 짝이 있었고 짝을 찾지 못한 나희는 자꾸만 뒤로 밀려났다. 허둥지둥 뒷걸음질을 치다가 맨 뒷줄에서 있던 아이와 부딪히고 말았다. 다년간의 경험으로 학습된 사과가 재빠르게 튀어나왔다.

"미안해."

부딪히면서 저 아이의 신발 앞코를 밟은 걸까? 하얀 운동화에 남은 저 검은 자국을 내가 남긴 걸까? 반짝이는 강당 바닥에서 아이의 신발에 묻은 때가 유독 도드라졌다. 아이는 나희의 사과에 짧게 고개를 끄덕였다. 피부가 하얗게 빛났고 이목구비는 큼지막했다. 끝이 살짝 치켜 올라간 눈이 나희를 잠시 훑고는 시선을 돌렸다.

무섭게 생겼다. 나희는 무심코 그렇게 생각했다. 아이와 다시 눈이 마주쳤다. 혹시 내 속마음이 새어나간 건 아니겠지, 고민하는 사이 나희 앞에 있던 누군가가 그 아이를 불렀다. 야, 박이경. 여기로 올래? 피부가 하얗고 눈꼬리가 올라간, 눈이 왕방울만 하며 광대뼈에 점이 있는 아이의 이름은 박이경이었다.

이경은 나희를 지나쳐 자리를 잡았다. 결국 맨 뒷줄까지 홀로 밀려나버린 나희는 어깨 밑으로 내려오는 이경의 긴 머리카락을 바라보며 자신의 머리를 살폈다. 며칠 전 싹둑 잘라버린 단발은 무성의했고 거칠어 매력이 없었다. 이경처럼 머리를 길게 기르고 싶어 종종 도전해보기도 했지만, 나희의 얼굴에 긴 머리는 어울리지 않았다. 나희는 가끔 자신이 누군가의 실수로 잘못 만들어진 불량품 인형 같다는 생각을 했다. 어딘가 결점을 갖고 태어났기에 긴 머리도 단정한 교복도 어울리지 않는 돌연변이. 그러니 인기가 없을 수밖에 없지.

입학식이 진행되는 내내 이경은 옆에 선 아이와 소곤거리며 잡담을 나누었다. 나희에게는 들리지 않을 정도로 작은 소리였다. 나희가 조금도 흐트러지지 않고 서 있는 동안 이경은 강당 바닥을 툭툭 찼고, 더웠는지 입고 있던 점퍼를 바닥에 내려놓고서 기지개를 켰다. 현수막에 적힌 "입학을 축하합니다"라는 문구가 오늘따라 나희를 더욱더 지독하게 비웃었다.

학교라는 것은 결국 수많은 무리로 이루어진 집합체다. 세 명으로, 네 명으로, 가끔은 다섯으로 또는 그 이상으로 이루어진 수십, 수백 개의 무리들. 무리에서 배제된 아이들은 커다란 덩어리 사이사이에 낀 작은 알갱이다. 매번 밀려나는 알갱이들에게 제자리 같은 건 없다. 알갱이들은 그저 허공을 부유하며 어쩔 줄을 모를 뿐이다. 초조하게 배회하다가 용기를 내 말을 걸어도 후회하며 끝내 다시 혼자 남기를 선택하는 알갱이들은, 그렇게 혼자인 게 당연해져버린다. 한번 당연해진 알갱이는 영원히 알갱이로 머무를 수밖에 없다. 그게 학교의 섭리고 규칙이므로.

나희는 언제나 알갱이였는데, 어쩔 수 없는 일이었다. 덩어리에 소속되길 바라면 저도 모르게 필사적이게 되니까. 무리로 똘똘 뭉친 아이들은 덜 자란 몸과 덜 자란 마음으로도 필사적인 아이를 충분히 눈치챈다. 그들은 필사적인 아이를 좋아하지 않는다. 필사적인 아이는 비참해 보이기 때문이다.

비참한 아이는 당연하게도 피라미드의 가장 아래로 밀려난다. 그곳은 모든 알갱이를 위한 공간이다. 수없이 많지만, 끊임없이 부딪히며 서로의 존재를 자각하지만 결코 뭉쳐지지 못하는 알갱이들의 보금자리. 놀이터 곳곳에 깔린 비비탄 총알처럼, 사방에 흩어져 있으나 결코 모이지 못하는 것들. 피라미드의 밑바닥은 필사적이고 비참한 것들이 조용히 죽어가는 무덤이나 마찬가지였다.

이번에도 넌 혼자 남게 될 거야. 얼굴도 이름도 모르는 누군가가 나희의 귀에 소곤거렸다. **혼자가 당연해질 거야. 아무도 널 궁금해하지 않겠지.** 어느 영화에서 보았던 장면처럼, 나희는 강당을 가득 채운 사람들의 머리가 하나 둘씩 저절로 터지는 상상을 했다. 100명이 있다면 99명의 머리가, 200명이 있다면 199명의 머리가, 300명이 있다면 299명의 머리가 터진다. 최후의 생존자가 된 나희는 피로 범벅이 된 강당을 바라보다가, 천천히 얼굴이 부풀어 오르는 것을 느꼈다. 그렇게 펑 그리고 끝. 고통도 두려움도 슬픔도 없는, 수많은 알갱이 중 하나로서 꿈꿀 수 있는 가장 위험하고 삐딱한 최후.

"1학년 3반 송나희 학생, 앞으로 나오세요."

이름이 불리는 순간 피 웅덩이와 흩어진 살점과 비린내가 모조리 사라졌다. 어느새 현실로 돌아온 나희는 대답이 돌아오지 않을 걸 알면서도 어, 하고 중얼거렸고 나희의 외마디를 들었는지 이경이 뒤를 돌아보았다. 싸늘하다고 묘사할 수 있는 눈이었다. 그리고 그 안에서, 나희는 자신의 것과 비슷한 어떤 필사적인 비참함을 발견했다.

"송나희 학생?"

이름이 다시 한번 불리자 이경은 귀찮다는 얼굴로 나희

의 명찰을 훑었다. 조금 전의 비참함이 어느새 모조리 사라져버린 얼굴은 그저 딱딱했다. 연거푸 이름이 불리는 상황에서 도대체 왜 멍청하게 굴고 있는 건지 이해를 하지 못하겠다는 표정이었다. 나희는 허둥지둥 앞으로 나가려 서두르다가 바닥에 놓인 무언가를 밟고 말았다. 등 뒤에서 짜증 섞인 탄식이 들렸다. 나희가 밟은 것은 이경이 바닥에 내려놓은 바람막이였다. 흰 바람막이의 소매에 회색 발자국이 남았다.

멀리 떨어진 곳에 서 있던 선생님이 나희를 데려가기 위해 다가왔다. 덕분에 사과할 타이밍을 놓친 나희는 당황한 얼굴로 무대를 향해 걸어 나갔다.

배치고사 전교 3등을 축하하는 상장이 나희의 손에 쥐여졌다. 나희는 전교 1등, 2등과 함께 교장선생님께 인사하고 무대를 내려왔다. 짧은 순간 자신에게 꽂힌 무수한 시선에 뒷목이 절로 따끔거렸다. 맨 뒷자리로 돌아가며 수많은 아이들 옆을 스쳐 지나갔다. 분명 평소처럼 걷고 있는데도, 다리와 발이 이상한 각도로 움직이는 것처럼 느껴졌다. 이경과 점점 가까워지자 나희는 침을 꿀꺽 삼켰다. 지금이라도 꼭 사과해야지, 사과해야지, 도망가지 말아야지…….

나희가 이경의 코앞까지 다가온 순간, 이경 옆에 서 있던 아이가 이경을 툭툭 건드렸다. 다시 바람막이를 걸친 이경의 소매에 남은 자국을 건드리는 모양새였다. 아이가 킬킬거리며 웃자 이경은 짜증스럽게 눈을 치켜뜨는가 싶더니, 이내 친구와 농담을 주고받았다. 나희는 아무 말도 하지 못하고 이경을 지나쳐 본래의 자리로 되돌아갔다. 이경의 짝꿍이 슬쩍 뒤를 돌아 나희를 힐끗거리더니 이경에게 무어라 귓속말했다. 이경은 함께 속닥거리고 미소를 지었지만 절대 뒤돌아보지는 않았다.

나희는 손안에서 처참하게 구겨진 상장을 쥔 채로 되뇌었다. 짧은 문장이 무한히 되풀이되며 머릿속에 메아리쳤다. 혼자이고 싶지 않아, 혼자이고 싶지 않아, 혼자이고 싶지 않아…….

*

1층에서 송나희 양을 괴롭히게 될 적은 '목이 긴 여자'입니다. 가만히 서서 긴 목으로 사방을 꼼꼼히 살피는, 소름 끼치도록 까탈스러운 친구죠. 쉽게 움직이지 않고 제자리에서 목을 뻗어 침입자의 존재를 살피는 경향이 있지만, 침입자를 한번 눈치채면 누구보다 빠르게 달려와 찢어발긴답니다! 고막을 찢는 비명은 덤! 목이 긴 여자는 1층 중앙 계단 앞을 지키는 파수꾼이기도 한데요. 그렇다면 복도 양쪽 끝 계단을 이용해서 올라가면 되겠다고요? 땡! 안타깝게도 양쪽 끝 계단은 방화셔터로 막혀 있어요! 송나희 양이 2층으로 갈 수 있는 방법은, 목이 긴 여자가 지키고 있는 중앙 계단을 통과하는 것뿐이랍니다.

그렇지만 너무 걱정하지 마세요! 살의 영역에 처음 응시한 송나희 양을 위해, 저 봉봉이가 힌트를 드릴게요. 목이 긴 여자는 소리에 예민합니다. 큰 소리가 들리면 앞뒤 살피지 않고 바로 달려가죠! 오래전에 두 눈을 잃어 앞을 보지 못하거든요. 아, 송나희 양도 그때 그 광경을 봤어야 했는데! 정말 용기 있는 응시자였어요. 그런 명장면은 두 번 다시 보지 못할 거예요! 그렇지만 송나희 양은 감히 목이 긴 여자에게 덤빌 생각 따위 하지 말기를 바라요! 목이 긴 여자는 자비가 없거든요. 사실은, 눈을 잃은 마음이 아직 치유되지 않아 잔뜩 약이 올랐답니다! 원래 단번에 고쳐지는 마음 같은 건 없는 법이잖아요! 아차차, 본론으로 돌아가자면…….

0교시 살의 영역 첫 번째 미션! 중앙 계단을 지키는 목이 긴 여자에게 들키지 말고 2층으로 올라가라! 나가고 싶으면 죽여라! 죽기 싫으면 죽여라! 송나희 양이 박이경 양을 죽이는 그 순간까지, 파이팅! 저 봉봉이가 응원해요!"

피범벅이 된 붉은 얼굴이 철퍽대는 소리가 나도록 창문에 얼굴을 비볐다. 1학년 3반을 떠나지 못한 나희는 창문 아래에 주저앉은 채 두 손으로 입을 틀어막았다.

목이 긴 여자는 봉봉이의 설명과 정확히 일치했다. 그뿐만 아니라 길게 늘어진 목을 자유롭게 움직일 줄도 알았다. 허공에서 똬리를 틀고 사방으로 휘어지는 목 끝에 둥그런 머리가 달려 있었다. 길지도 짧지도 않은 머리카락은 관리가 잘되지 않아 푸석푸석했으며, 그 아래로 눈이 붙어 있어야 할 자리는 텅 비어 있었다. 짙은 어둠을 머금은 두 눈에서 진물이 줄줄 흘러내리며 붉은 흉터를 적셨다. 끈적한 핏물이 달라붙은 머리카락을 뒤흔들며, 여자는 계속해서 1학년 3반 창문에 얼굴을 짓뭉갰다. 작은 소리라도 놓치지 않으려 귀를 들이미는 모양새였다. 짓뭉갠 얼굴을 이런저런 방향으로 옮길 때마다 유리에서 살덩이가 미끄러져 뽀득거리는 소리가 났다.

여자의 얼굴은 교실 뒤쪽 창문을 지나쳐 앞문을 향해 서서히 움직였다. 심장이 세차게 뛰는 와중에도 나희는 어떻게든 여자의 동선을 추측해보려고 애썼다. 봉봉이의 말대로라면 여자의 몸은 현재 1층 중앙 계단 앞을 지키고 있는 게 분명했다. 중앙 계단 왼쪽으로는 1반부터 3반이, 오른쪽으로는 4반부터 6반이 있다. 3반과 2반, 1반을 차례로 살피고 나면 그다음은 오른쪽 교실들을 살피지 않을까? 그때까지 찍소리 하나 내지 않고 침묵을 유지하는 일엔 자신 있었지만, 문제는 그 이후였다. 여자가 중앙 계단을 지키고 있는 상황에서 어떻게 2층으로 올라갈 수 있단 말인가? 나희의 머리 위에서 뽀드득, 소리가 났다. 아이가 물에 젖은 손으로 창문을 더듬거릴 때나 날 법한 귀엽고 사랑스러운 소리였다.

여자의 머리는 3반을 지나 2반 쪽으로 사라졌다. 고개를 들어 창 너머를 겨우 살피자 허공에 뻗은 기다란 목이 보였다. 끝을 모르고 늘어난 목에서 퍼런 핏줄이 피부를 뚫고 나올 듯 펄떡거렸다. 교실 창문에는 여자가 얼굴을 비벼댄 붉은 궤적이 선명하게 남았다. 나희는 여자의 얼굴이 어디까지 멀어졌는지 확인하려 몸을 일으키다가 그만 창문 근처에 놓인 책상에 몸을 부딪쳤다. 책상 위에 놓여 있던 볼펜 하나가 데구르르 굴러 아래로 떨어졌다. 톡, 가벼운 소리는 나희의 귀에 들릴 정도로만 짧게 울렸다.

어마어마한 비명이 지축을 뒤흔들었다.

쿵쾅거리는 소리와 함께 달려온 여자의 몸이 1학년 3반 문에 거칠게 충돌했다. 나희는 바닥을 짚은 채로 엉덩방아를 찧었다. 여자의 날카로운 손톱이 앞문을 미친 듯이 긁어 대는가 싶더니, 곧 문을 옆으로 밀어 열었다. 여자는 튕기듯 교실 안으로 뛰어 들어왔다. 나희는 다급히 그러나 조심스레 입을 틀어막았다.

사정없이 팔딱대는 심장소리가 여자의 귀에 들릴까, 하는 말도 안 되는 걱정이 앞섰다. 여자가 비틀대며 한 발 한 발 위태롭게 걸어왔다. 여자의 몸이 칠판 근처를 서성이는 동안 목은 또다시 길게 늘어났다. 둥그런 얼굴이 허공을 둥둥 떠다니다 교실 뒤편까지 흘러 들어왔다. 여자는 끊임없이 입술을 달싹이며 알아들을 수 없는 말을 중얼댔다. 드르륵, 커터 칼 손잡이를 올리고 내리는 소리가 났다. 날이 부러진 커터 칼을 쥔 손은 상처투성이였다.

비척대며 걷는 여자의 몸은 주변에 놓인 사물을 피하지 못하고 쿵쿵 부딪혔다. 책상이 넘어지고 의자가 밀려났다. 나희는 여자의 몸짓에 맞추어 소리를 죽이고 조금씩 뒤로 물러났다. 숨소리마저 삼킨다. 눈에 띄지 않는다. 학교에서 송나희라는 사람이 매일 그러했듯이.

등이 사물함에 닿자, 더 이상 물러날 곳이 없다는 자각에 공포가 엄습했다. 고요한 가운데 여자가 내뱉는 투박한 혼잣말이 이따금 들렸다. 여자의 목이 또 한 번 주욱 늘어나며, 나희의 앞까지 얼굴이 다가왔다. 정체를 알 수 없는 악취가 코를 찔렀다. 나희는 여자의 얼굴을 가까이서 마주 보게 되었다. 이번이 여자를 이렇게 샅샅이 관찰하는 처음이자 마지막 순간이기를 간절히 바라면서.

여자는 두 눈이 없는 게 분명했다. 그런데도 나희는 여자가 자신을 바라보고 있는 것 같다는 착각에 사로잡혔다. 여자가 입술을 사악하게 비틀어 올리자 훤히 드러난 하얀 이가 피눈물에 붉게 물들어 있었다. 미처 틈을 파고들지 못한 피가 입 밖으로 흘러 바닥에 고였다.

날카롭게 갈린 여자의 손톱인지, 부러진 커터 칼날인지 확신할 수 없는 무언가가 나희의 종아리에 닿았다. 나희는 감히 아래를 살펴볼 시도조차 하지 못한 채 턱이 아프도록 이를 악물었다. 매끈하지만 거칠고 차갑지만 뜨거운, 공존할 수 없는 감각들이 한꺼번에 휘몰아쳤다. 그 감각이 너무나 생생해 입을 틀어막고 눈을 질끈 감은 와중에도 의문이 들었다. 이게 정말 꿈일까? 꿈이 아니면 어쩌지? 문이 열리지 않던 교실도, 봉봉이도, 살의 영역도, 박이경을 죽여야 구름다리로 통하는 문이 열린다는 것도 다 진짜라면? 정말로 박이경을 죽여야 한다면? 이 건물에 정말로 박이경이 존재하고, 송나희를 죽이기 위해 내려오고 있다면? 박이경이 송나희를 죽이고 싶어 한다면?

그러고 보니, 박이경은 지금 무엇을 하고 있을까? 멍청하게 그 하얀 얼굴을 생각하고 있을 즈음 먼 곳에서 희미한 비명이 들려왔다.

귀를 기울이지 않으면 놓칠 정도로 아득한 소리였으나, 끔찍한 고통에 휩싸인 누군가가 내뱉는 비명이라는 건 분명했다. 그 소리에 반응한 여자가 지독한 소리를 내며 교실 앞문으로 달려갔고, 또 사방에 부딪히며 수많은 것들을 쓰러뜨렸다. 여자가 어렴풋한 비명을 쫓아 달려 나가고 교실에 홀로 남은 나희는 멍하니 조금 전의 상황을 곱씹었다. 여성의 비명이었나? 아니다. 생각하면 할수록 여성보다는 남성의 비명이라 설명해야 옳았다. 그렇다면 박이경은 무사하다는 뜻이다. 순간 어리석게도 마음이 놓였다. 그제야 종아리에서 통증이 느껴졌다.

기다란 상처에서 피가 흘렀다. 여자가 이성을 잃고 비명을 쫓아 달려 나가는 와중에 뾰족한 손톱이나 커터 칼날에 베인 듯했다. 선명한 통증을 느끼며 나희는 0교시 살의 영역이 진짜라는 걸 받아들여야 했다. 죽이지 않으면 죽을 수밖에 없는 비참한 시험에 참가하게 되어버렸다는 것을, 박이경 역시 자신을 죽이려 달려오고 있다는 것을, 박이경을 죽이고 싶지만 동시에 비명의 주인공이 박이경이 아니란 사실에 마음이 놓인다는 것을, 그 혼란하고 변덕스러운 마음을.

나희는 자리에서 일어났다. 문을 살짝 열고 복도로 나가려다가 믿기지 않는 광경에 잠시 머뭇거렸다.

조명이 모두 꺼진 복도는 어두웠으나, 창 너머에서 쏟아지는 강한 달빛에 사방을 분간하지 못할 정도는 아니었다. 복도 바닥을 수놓은 것은 수백 혹은 수천 개의 부러진 커터 칼날이었다. 어떤 것은 기다란 붉은색, 또 어떤 것은 짧은 초록색. 가지각색으로 다양한 커터 칼날들이 달빛 아래에서 위험하게 빛났다. 그것들은 숨을 죽인 채 나희가 자신을 발견하기를 기다리고 있었다. 나희는 쭈그려 앉아 파란색 커터 칼날 하나를 조심스레 집었다. 물감으로 대충 칠한 커터 칼날들은 어린아이들의 놀이방에나 있을 것처럼 진한 원색이었으나 그 끝만은 살갗을 가르고도 남을 정도로 날카로웠다.

목이 긴 여자는 다시 중앙 계단 앞을 지키고 있었다. 주변을 서성이며 날뛰는 꼴을 보니 곧 목을 뻗어 오른쪽 교실들을 살필 기세였다. 그렇다면 나희가 향할 수 있는 곳은 나희가 머물렀던 3반 옆의 2반, 2반 옆의 1반 그리고……

아, 맞다. 음악실. 나희는 푸른 커터 칼날을 내려놓고 자리에서 일어났다. 비스듬하게 고개를 젖혀 복도 끝을 응시했다. 미처 떠올리지 못했던 음악실이 1학년 1반 옆에서 보란 듯이 존재감을 뽐냈다.

나희는 소리를 내지 않기 위해 슬리퍼를 벗어 품에 안았다. 사방에 널린 커터 칼날을 피해 신중히 발을 움직였다. 음악실 문은 다행히 잠겨 있지 않았다.

*

5교시는 음악 수업이었다. 나희는 교과서를 품에 소중히 안고 음악실 문을 열었다가, 예상치 못한 인물을 발견하고 그 자리에서 굳어버리고 말았다. 하얗고 사나운 얼굴에, 얼굴만큼이나 새하얀 바람막이를 걸친 이경이 피아노 앞에 앉아 있었다.

낯설지만 부드러운 피아노곡이 음악실 안을 잔잔하게 메웠다. 어디서 많이 들어본 것 같았으나 결코 제목을 떠올릴 수 없는 음악이었다. 존재하지도 않는 추억을 찾아 향수를 느끼게 만드는, 어렴풋한 그리움을 자극하는 종류의 것이었다.

너무 일찍 왔나? 나희는 허둥지둥 들고 있던 태블릿 화면을 두드려 시간을 확인했다. 5교시 시작 20분 전이었다.

새 학기가 시작되고 몇 주가 흘렀지만 나희는 여전히 친구를 사귀지 못했다. 나희에게 다가와주는 사람이 없었을 뿐만 아니라 나희 역시 아무에게도 다가가지 못한 탓이었다. 지금까지 항상 그랬던 것처럼.

짧은 시간 동안 아이들은 벌써 무리를 형성했다. 세 명, 네 명 혹은 그 이상으로 이루어진 무리가 생겼다가 흩어지고 또 생겼다가 흩어짐을 반복했지만, 그 격동에 나희가 끼어들 틈 같은 건 존재하지 않았다. 아이들은 나희가 파란만장한 교실사에 끼어드는 걸 원치 않을 것이라 여겼다. 그건 비참하지 않은, 안전한 영역에 위치한 아이들만이 지닐 수 있는 거만함이었다. 그래, 꼭 이런 것이다. 중학교 2학년 체육 시간, 체육 선생님의 명령으로 번호대로 짝을 이루었을 때도 그랬다. 끝 번호라는 이유로 홀로 남게 된 아이가 나희에게 다가와 짝을 빌려주면 안 되냐고 물은 적이 있었다. 그러면서 말했지. 너는 원래 혼자 있는 거 좋아하잖아, 그지? 상처받는 게 미안할 정도로 예쁘게 웃었지. 그래서 상처받지 않으려 애썼고, 짝을 넘겨주었다. 혼자 남아 허공에 배구공을 튕기고 있는 나희를 보다 못한 체육 선생님이 짝이 되어주었지만, 그게 더 끔찍했다.

나희가 혼란의 시기를 거치고 있는 교실사에 끼어들지 못하고 변두리에서 머뭇대는 동안, 이경은 단숨에 피라미드 꼭대기를 꿰찼다. 이경이 피라미드의 꼭대기를 수놓는 건 당연한 일이었다. 이경은 예쁘고 날씬했다. 예쁜데 날씬하기까지 한 건지, 날씬해서 예뻐 보이는 건지 구분이 가지 않을 정도로 모든 걸 가졌다. 길쭉한 팔다리와 큰 키, 반짝이는 얼굴이 있으니 메마른 표정도, 투덜대는 말투도 모두 이해가 되었다. 아이들은 자연스레 이경을 떠받들었고 이경은 자신처럼 예쁘장하거나 외모에 관심이 많아 보이는 친구들과 몰려다녔다. 그런 아이들은 대개 신경이 날카롭고 쌀쌀맞았다. 이미 굳게 형성된 무리에 다른 아이들이 파고들 틈을 절대 내어주지 않았고, 자신들만의 견고한 왕국을 완성해갔다.

그러니 평소와 같다면 이경은 자신의 친구들과 함께 웃고 떠들며 5교시가 30초 남은 시점에 음악실 문을 열고 들어와야 했다. 5교시가 20분이나 남은 지금, 혼자 피아노 앞에 우두커니 앉아 청승을 떨고 있을 때가 아니었다.

이경의 험악한 눈빛이 자신에게 꽂힌 뒤에야, 나희는 자신이 문 앞에서 너무 오래 머뭇거렸다는 걸 깨달았다. 쥐구

멍이라도 찾아 도망가고 싶었지만 이대로 음악실을 나가버린다면 그건 그거대로 우스울 거였다. 나희는 용감하게 한 발 앞으로 나섰고, 조심스레 음악실 문을 닫았다. 나희가 어색하게 맨 구석 자리로 향하는 동안에도 어디서 많이 들어본 듯한 피아노 연주는 계속되었다. 끊이지 않는 음률은 서정적이었고, 상냥한 소리로 듣는 이를 다독여주었다.

나희는 엉거주춤 자리에 앉았다. 음악실에 설치된 대형 스피커에서 흘러나오던 음악이 절정에 다다를 즈음, 이경이 벌떡 일어나더니 음악 선생님 책상에 놓인 노트북을 조작했다. 촉촉하게 나희를 조여오던 선율이 별안간 뚝 끊겼다. 침묵 속에서 이경은 자리에 앉지 않고 다시 피아노 앞에 서더니 나희를 향해 불쑥 내뱉었다. 야.

"선생님한테 말하지 마."

이경이 말을 걸자마자 나희는 소스라치게 놀랐지만, 절대 티를 내지 않으려고 애썼다. 요동치는 나희의 마음을 아는지 모르는지, 이경이 재촉했다.

"선생님한테 말하지 말라고."

이경이 원하는 답이 도대체 무엇일까? 알았다고 고개를 끄덕이면 될까? 그렇지만 무엇을 말하지 말라는 건데? 나희는 패닉상태에 빠졌다. 이경은 여전히 나희의 답을 기다리고 있었다.

"뭐를…… 말하지 마?"

그렇게 묻는 목소리가 멍청했다. 멍청하다 못해 끔찍한 수준이었다. 나희는 순식간에 나락으로 굴러 떨어졌다. 이경이 자신을 비웃지 않을까? 목소리가 왜 그 모양이냐고 낄낄거린다면? 왜 내 말을 못 알아듣느냐고 화를 낸다면? 왜 그렇게 멍청하냐고 쏘아붙인다면? 그게 이경이 나희에 대해 기억하는 전부가 되어버린다면?

"내가 선생님 노트북 마음대로 썼잖아."

나희의 머릿속을 가득 채우던 수많은 상상이 이경의 대답에 모조리 흩어졌다. 구름처럼 뭉게뭉게 사방으로 부서진 상상 덕분에, 머릿속이 조금씩 맑아졌다. 대화를 할 수 있다. 이경과 정상적으로 이야기를 나눌 수 있다. 나희는 용기를 냈다.

"그, 그거 비밀번호 있지 않았어?"

"어쩌다가 봤거든. 비밀번호 8520이야. 너도 필요할 때 있으면 쓰든가."

이경이 선심 쓴다는 표정으로 말을 툭 던지자 나희는 가만히 고개를 저었다. 음악 선생님의 노트북은 음악실 스피커에 연결된 유일한 기계였다. 언제나 친절한 음악 선생님은 노트북과 관련된 일이라면 예민했다. 오랜 시간 소중하게 모아온 취향을 남에게 절대 공유하고 싶지 않은 것처럼.

침묵이 길어졌다. 이경이 피아노 건반에 손가락을 올렸다. 두드릴 듯 말 듯 그 위를 더듬기만 하다가 또 뜬금없이 나희에게 말을 던졌다. 야, 너…… 혹시 그때 기억해?

나희의 눈앞에, 회색빛 발자국이 남았던 이경의 바람막이가 그려졌다.

이경은 입학식 날 있었던 그 일을 이야기하는 게 분명했다. 현재까지 송나희의 인생에서 가장 지우고 싶은 기억 6위를 차지한 그 일. 지금이라도 사과하면 받아줄지, 이경이 정확하게 원하는 게 무엇일지 혼란스러웠다. 이럴 때는 어떻게 답을 해야 하는지 아무도 가르쳐주지 않았다. 학교에서 알려줘야 하는 게 이런 거 아니야? 여집합과 합집합 말고, to 부정사와 동명사 말고 이런 것. 나희는 눈을 질끈 감고 되는 대로 웅얼거렸다.

"그거, 미안해. 그때는 너무 정신이 없어서……. 세탁해야 하면 내가 돈 줄게. 아니면……. 음, 미안해. 그게……."

횡설수설하는 스스로가 밉다. 죽여버리고 싶을 정도로 밉다. 당장에라도 입을 다물라고 뺨이라도 갈기고 싶었다. 한 번도 경험해본 적 없는 폭력적인 충동이었다. 눈물이 비집고 나오려 해 피가 나도록 입술을 물었다. 여기서 울어버리면 더 비참해진다. 밑바닥에 처박히면 절대로 다시 올라갈 수 없을 것이다.

"그거 말한 거 아니긴 했는데……. 알겠어."

이경은 엉망진창인 나희의 대답을 생각보다 싱겁게 넘겼다. 그 가벼운 반응에 나희는 더욱 심란해졌다. 이경은 나희의 답을 기다린 건 아니라는 듯, 힘을 주어 건반을 꾹 눌렀다. 맑고 명랑한 소리가 음악실에 울려 퍼졌다.

이경의 손가락은 서툴지만 분명한 의도를 가지고 움직였다. 확신할 수는 없었지만, 조금 전 음악실을 가득 채웠던 음악과 비슷했다. 대단치 않은 평범한 연주였다. 중간중간 손가락이 어긋날 때마다 음이 튀었고 박자가 이상할 때도 있었으나 신기하게도 듣기엔 좋았다.

이경의 연주는 시작할 때처럼 갑자기 끝났다. 자신도 모르게 연주에 집중하고 있던 나희는 무심코 아, 하고 소리냈다. 이경은 어떤 답을 기다리는 것처럼 나희를 돌아보았다. 나희는 이경과 처음 눈이 마주쳤을 때를 생각했다. 이경은 그때처럼, 자신의 위치와는 어울리지 않는 표정을 하고 있었다. 필사적인 비참함을 담은 얼굴을.

"노래 좋다……."

나희는 서둘러 덧붙였다.

"제목이 뭐야?"

"올웨이즈 인 어 하트."

음악에 문외한인 나희는 처음 들어보는 제목이었다. 나희는 어색하게 웃었다. 이경 역시 민망했는지, 멋쩍게 부연했다.

"다 외우려면 멀었어."

그러더니 이경은 한참을 머뭇거리다 명령조로 말했다.

"다른 애들한테는 말하지 마."

"어?"

"나 피아노 친 거 애들한테는 말하지 말라고."

나희는 궁금해졌다. 피아노 친다는 사실을 왜 숨겨야 하는 걸까? 피아노를 칠 때의 이경은 멋있었다. 집중하는 뒷모습이, 서툴게 음을 하나씩 찾아가는 손가락이 빛났다. 예쁜 얼굴과 날씬한 팔다리를 순식간에 감추어버릴 정도로, 이경의 연주 앞에서는 그 무엇도 중요하지 않았다.

하지만 나희는 묻지 않기로 했다. 이경의 두 눈에 깃든 감정을 마주할 때마다 동류를 발견한 것처럼 반가웠지만, 동시에 고작 이 정도의 짧은 대화로 이경에게 호감을 느끼는 자신의 신세가 처량했다.

나희가 교과서로 시선을 돌리자, 이경은 피아노 덮개를 닫고 자신의 자리로 돌아가 엎드렸다. 불편한 침묵이 흘렀으나 나희는 그 침묵이 어쩐지 이상하게 좋았다. 나희는 엎드린 이경의 등을 무심코 바라보다가 생각했다. 그래, 저렇게 멋진 애를 어떻게 안 좋아할 수 있겠어.

*

뭉툭한 손가락이 노트북 키보드를 두드렸다. 비밀번호는 이경의 말대로 8520이었다. 작년 이경에게 비밀번호를 전해 들은 이후로 바뀌지 않았다니, 나희는 음악 선생님의 한결같음에 마음속으로 고마움을 표했다.

중앙 계단과 제일 가까운 1학년 3반 교실, 나희는 밖에서 보이지 않도록 뒷문에 바싹 달라붙은 상태로 노트북 화면에 나타난 수많은 폴더를 구경했다. 혹시나 하는 마음에 확인했지만 인터넷은 연결되어 있지 않았다. 하긴, 현실이 아닌 차원이라는데 인터넷이 되는 것도 이상했다.

깔끔하게 정리된 노트북 바탕화면을 뒤졌다. 듣도 보도 못한 다양한 이름의 음악 파일들 위를 끊임없이 방황하던 커서가, 곧 익숙한 제목을 발견했다. 〈올웨이즈 인 어 하트〉.

나희는 짧게 고민했다. 고민하는 동안 이경의 서툰 연주가 귓가에서 자꾸만 되풀이되었다. 〈올웨이즈 인 어 하트〉는 더 이상 존재하지도 않는 추억을 더듬거리게 만드는 노래가 아니었다. 이제는 〈올웨이즈 인 어 하트〉를 들을 때마다 선명하게 떠오르는 장면이 있으니까. 음악실의 박이경과 송나희가 뇌 끄트머리에 단단히 박혀 있어 지우려야 지울 수 없었으니까.

추억에 흠뻑 젖어 있던 나희는 간신히 파일을 재생했다. 최대치로 올린 음량 덕분이었을까. 활짝 열어놓은 음악실 안으로 피아노 선율이 거대한 파도처럼 쏟아졌다. 그리고 나희가 기대한 대로, 목이 긴 여자의 비명이 들렸다.

목이 긴 여자는 쏜살같이 달려와 음악실 문에 몸을 들이박았다. 예상치 못한 장해물을 만나 주춤대던 여자는 곧 음악실 안으로 몸을 집어넣었다. 여자가 음악실에 놓인 기다란 책상과 피아노와 수많은 의자에 부딪히는 소리가 연주 사이로 섞여들었다. 숨을 죽이고 상황을 지켜보던 나희는 그 틈을 놓치지 않고 잽싸게 교실을 나갔다.

나희는 커터 칼날로 뒤덮인 복도를 내달렸다. 급하게 뛰다가 커터 칼날을 밟는 바람에 몇 번이고 넘어질 뻔했으나 다행히 넘어지지는 않았다. 커터 칼날의 무덤을 슬리퍼 신은 발로 강하게 짓밟을 때마다 한 번도 들어본 적 없는 소리가 났지만, 나희는 뒤돌아볼 수 없었다.

연주는 여전히 계속되었고, 목이 긴 여자는 끊이지 않는 음악에 연신 비명을 지르며 음악실을 뒤졌다. 나희는 마침내 텅 빈 중앙 계단 앞에 도착했다. 주저하지 않고 씩씩하게 계단을 밟았다. 2층으로의 첫걸음이자, 이경을 향한 첫 걸음이었다. **그래.** 목소리가 칭찬했다. **멈추지 않는다면 무엇이든 할 수 있지. 충분히 죽일 수 있지.**

목이 긴 여자가 나희의 움직임을 눈치채고 달려오는 일은 없었다. 모든 게 순조로웠다.

나희는 정신없이 계단을 올랐다. 자신처럼 학교 어딘가를 헤매고 있을, 자신을 죽이기 위해 달려오고 있을 이경을 찾아 질주했다. 〈올웨이즈 인 어 하트〉는 멈추지 않고 계속 흘러나왔다. 부드럽고 섬세한 선율이 끝내 1층을 떠나는 나희를 다정하게 배웅했다.

5층

거미를 닮은 남자

5층에서 박이경 양을 괴롭히게 될 적은 '거미를 닮은 남자'입니다. 그는 여덟 개의 눈과 여덟 개의 팔다리로 벽과 천장을 자유자재로 움직이는 친구랍니다! 5층 곳곳에 거미줄을 남기는 악취미를 갖고 있죠. 오래된 거미줄은 매우 질기고 단단해서 어떤 도구로도 없앨 수가 없답니다. 안타깝게도 아래로 내려가는 복도 양쪽 끝 계단은, 몇십 년은 묵은 오래된 거미줄로 굳게 막혀 있어요! 물론 언제나 돌파구는 존재하는 법. 중앙 계단은 아직 오래되지 않은, 이제 막 나온 따끈따끈한 거미줄로 막혀 있답니다. 힌트를 드리자면요, 남자의 거미줄은 불에 특히 약합니다!

거미를 닮은 남자는 여덟 개의 눈으로 침입자를 쉽게 발견하고, 소리에도 예민하며 매우 빠르답니다! 그렇지만 너무 걱정하지 마세요! 박이경 양을 위해, 저 봉봉이가 또 다른 힌트도 드릴게요!

거미를 닮은 남자는 속도가 빠른 만큼 체력이 약해요. 박이경 양이 죽을힘을 다해 도망간다면, 쉽게 쫓아오지 못할 거예요! 그리고 체력이 약한 만큼 고통에 취약해서 가벼운 공격에도 큰 타격을 받고 한동안 움직이지 못할 겁니다! 엄살이 좀 심한 편이죠. 그리고 이건 봉봉이의 생각이긴 한데요……. 다른 친구들을 만나면 거미를 닮은 남자가 그리워질 정도로 거미를 닮은 남자는 간단한 친구예요! 그러니까 지금 이 시간을 마음껏 즐기도록 하세요!

0교시 살의 영역 첫 번째 미션! 중앙 계단을 막은 거미줄을 뚫고, 거미를 닮은 남자를 죽여 4층으로 내려가라! 나가고 싶으면 죽여라! 죽기 싫으면 죽여라! 박이경 양이 송나희 양을 죽이는 그 순간까지, 파이팅! 저 봉봉이가 응원해요! 솔직히 말하면요, 봉봉이는 박이경 양이 합격자가 되길 바라요. 송나희 양보다는 박이경 양이 훨씬 더 좋은 사람이잖아요!

오늘 마지막으로 먹은 참치마요 삼각김밥은 229칼로리였다.

229칼로리. 229칼로리. 몇 시간을 달려야 229칼로리를 소모할 수 있을까? 이경은 자신의 가느다란 팔다리에 229칼로리를 머금은 살덩어리가 추잡스럽게 달려 있는 기분이 들었다. 걸으면 걸을수록 온몸이 축축 늘어졌다. 늘어지고 늘어지고 또 늘어져 땅에 닿는 듯했다. 떼어낼 수 없는, 잘라내고 싶어도 잘라낼 수 없는 살덩어리들. 욕지기가 올라왔지만 지금은 장소가 마땅치 않았다. 이경은 이 모든 게 끝나고 현실로 돌아가면 곧바로 목구멍에 손가락을 쑤셔넣고 참치마요 삼각김밥을 게워내야겠다고 생각했다.

온 복도가 거미줄투성이였다. 천장도, 벽도, 바닥도, 벽에 걸린 그림도, 신발장도, 화장실로 통하는 문도 온통 새하얀 거미줄투성이. 이경은 거미줄을 피해 달렸다. 어렴풋한 달빛이 복도를 비추어 이경을 도왔다.

복도 끝에서 중앙 계단을 향해 달리던 이경은 발을 헛디뎌 미끄러졌다. 손에 쥐고 있던 가위가 저 멀리까지 나가떨어졌다. 곳곳이 으스러지게 아팠다. 등 뒤에서 거미를 닮은 남자가 여덟 개의 다리를 바쁘게 움직이며 다가오는 소리가 들렸다.

경쾌한 종소리에 이경이 눈을 뜬 곳은 봉암여고 5층 2학년 자습실이었다. 자습실은 전교 1등부터 20등까지를 위한 공간으로, 성적 우수자가 아니면 쉽게 드나들 수 없었다. 이경이 엎드려 있던 책상은 그중에서도 전교 7등인 나희의 책상이었다. 책상이 나희의 것이라고 쉽게 알아볼 수 있었던 이유는 단지 책상에 이름표가 붙어 있었기 때문이다. 몇 달 전까지만 해도 나희를 찾기 위해 뻔질나게 드나들었던 자습실이었으나, 이제는 자습실에 어떤 학생들이 있는지도 가물가물했다. 중간고사 성적에 맞추어 자리 배치도 바뀌었을 테니, 이경이 기억만으로 나희의 자리를 찾는 건 불가능에 가까웠다.

이경은 체육복 차림으로 나희의 자리에서 깨어났고, 봉봉이의 설명을 들었고, 일말의 고민도 없이 살의 영역에 응시했다. 모든 게 혼란스러운 와중에도 딱 하나는 분명했기에 이루어진 일이었다. 죽이고 싶은 사람의 이름과 반 번호를 쓰시오. 그 짧은 문장을 보자마자 이경은 나희를 떠올렸다. 나희가 아니라면 불가능했을 마음이다. 나희가 아니라면 존재하지도 않을 살의였다.

이경은 나희를 죽이고 싶었다. 나희를 죽여야 현실로 돌아갈 수 있다면, 이경은 고민하지 않고 나희를 난도질할 준비가 되어 있었다. 이경은 나희의 이름과 반 번호를 썼고, 봉봉이는 손뼉을 치며 기뻐했다. 6월 모의고사의 저주를 진심으로 믿고 있었던 이경은 0교시 살의 영역에 무서울 정도로 빠르게 적응했다. 그래서 거미를 닮은 남자가 자습실을 습격했을 때 주저하지 않고 몸을 날려 피할 수 있었다. 옆자리에 놓여 있던 가위를 무기 삼아 손에 쥔 채로.

거미를 닮은 남자는 소름이 끼치도록 민첩했지만, 이경은 다행히 그보다 조금 더 날쌨다. 이경은 정신이 쉽게 무너지지도 않았으며 흉기로 쓸 만한 가위도 있었다. 봉봉이의 충고대로 남자를 피해 4층으로 내려가는 건 그다지 어렵지 않아 보였으나, 문제는 이경의 위장에 있었다. 오늘, 이경의 유일한 식사였던 참치마요 삼각김밥에 있었다. 229칼로리의 참치마요 삼각김밥. **왜 하필 참치마요를 골랐지?** 의문의 목소리가 물었고 이경은 대답하지 않았다.

남자는 이름에 걸맞게 거미를 닮았다. 거대한 거미에 인간의 머리를 달아둔 모습이었다. 여덟 개의 팔다리. 그중 한 쌍은 사람의 팔과 유사했고, 세 쌍은 거미의 다리처럼 길고 날씬했다. 남자의 날카로운 발끝이 몸을 날리며 이경의 벗겨진 슬리퍼를 찍어내릴 때도, 남자의 손이 이경의 발목을 붙잡는 순간에도 이경은 오로지 그 생각만 했다. 왜 하필 참치마요였을까. 차라리 제로 초코볼을 먹을걸 그랬지, 그건 175칼로리였는데. 후회해도 하는 수 없었다. 오늘 아침 이경은 너무 배가 고팠다. 극심한 허기에 시달려 밥이 먹고 싶었고, 이경이 삼각김밥 중에서 제일 좋아하는 맛이 참치마요였다.

참치마요는 기대한 만큼 맛있었다. 물론 맛있었던 만큼

참치마요로 달라붙은 살덩어리를 떼어내긴 힘들겠지. 방금 자신이 복도에서 미끄러진 것도, 거미를 닮은 남자에게 맥없이 잡혀버린 것도 모두 참치마요 때문은 아닐까? 참치마요로 불어난, 눈치 없이 꿀렁대는 그놈의 살 때문에. 참치마요를 먹은 죄로 속이 좋지 않다는 핑계를 대고 급식까지 건너뛰었건만, 229칼로리의 저주는 이경을 쉽게 놔주지 않았고 현실이 아닌 차원에서도 결국 발목을 붙잡고야 말았다.

거미를 닮은 남자의 눈알은 조금의 여백도 없이 온통 검은 색이었다. 까만 유리알처럼 반짝이는 여섯 개의 눈이 이경을 주시하고, 나머지 두 알은 끊임없이 사방을 살피며 경계했다. 털이 부숭부숭하게 난 날카로운 발이 이경의 종아리를 스치며 상처를 냈다. 조금 전 단단한 대리석 복도에 넘어졌던 순간처럼 아팠지만, 이경은 절대 소리 내지 않았다. 대신 떨어진 가위를 주워 남자의 손등을 찔렀다.

거미를 닮은 남자가 뒤로 나자빠졌다. 괴상한 울음소리가 복도에 쩌렁쩌렁하게 울려 퍼졌다. 아래층에 있을지 모르는 누군가를 깨울 정도로 유난히 큰 비명이었다. 남자는 가위가 박힌 손을 허공에 휘적거리며 울부짖었고, 이경은 그 틈을 비집고 일어나 절뚝이며 달렸다. 한쪽 발에만 끼워진 슬리퍼가 걸리적거려 저 멀리 차버렸다. 하얀 체육복에 남자의 검은 피가 약간 묻었으나 상관하지 않았다. 남자가 천둥 같은 소리를 지르며 신음했다. 별로 세게 찍지도 않았는데, 봉봉이의 말대로 그는 엄살이 심했다.

이경은 거미줄로 뒤덮인 중앙 계단을 지나쳤다. 호기심이 일었지만 거미줄을 만져보지는 않았다. 쓸데없는 데 시간을 낭비하기에는 마음이 너무 급했다.

중앙 계단을 지나치자마자 나타난 것은 3학년 교무실이었는데, 다행히 잠겨 있지 않았다. 이경은 교무실 안으로 들어가려다 말고 살짝 뒤를 돌아 지나온 복도를 살폈다. 거미를 닮은 남자는 여전히 비틀대며 바닥을 뒹굴고 있었다.

분노로 반들거리는 여덟 개의 까만 눈알이 모조리 이경을 향했다. 거미를 닮은 남자는 긴 복도의 거리 따위에 굴하지 않고 저 멀리에 있는 이경을 온 힘을 다해 노려보고 있었다. 그의 눈에 담긴, 절망스러울 정도로 끝이 없는 살의를 느끼자 불현듯 공포가 몰려왔다.

자습실에서 깨어나 거미를 닮은 남자를 맞닥뜨린 후 도망가는 그 짧은 시간 동안, 이경은 극심한 쇼크에 빠져 있었다. 살기 위해 빠르게 분비되었던 호르몬이 이경이 공포를 느끼지 못하도록 막았고, 덕분에 이경은 멋지게 남자에게 상처를 입혔다. 이제는 쇼크에서 벗어나 자신이 어떤 상황에 처했는지, 죽음을 목전에 둔 공포가 어떤 것인지 뼈저리게 느낄 시간이었다.

교무실 안으로 들어오자마자 이경은 급하게 문을 막을 만한 물건을 찾았다. 이경의 힘으로 그나마 문 앞에 끌어다 놓을 수 있는 건 의자 몇 개뿐이었다. 3학년 1반과 3반, 4반 담임의 의자를 끌어 뒷문을 막은 이경은 가쁘게 호흡을 골랐다. 뒤늦게 요동치는 두려움이 전신을 씹어 삼켰다. 힘을 주지 않아도 주먹 쥔 손이 바르르 떨렸고 다친 종아리에서 흐르는 피는 뜨거웠다. 바퀴 달린 의자 세 개가 뒷문을 막고 있었지만, 거미를 닮은 남자가 몸을 부딪치는 순간 쉽게 밀려날 것이었다. 한마디로 무용지물이었다. 어쩜 이렇게 멍청한 생각만 할까. 송나희가 옆에 있었다면 더 대단하고, 빈틈없는 계획을 떠올렸을 텐데. 이경은 의자 옆에 쭈그리고 앉아 무릎에 얼굴을 묻었다. 이대로 잠들어 모든 것으로부터 도망치고 싶을 정도로 무서웠고, 끔찍하게도 배가 고팠다. 이런 상황에서도 배가 고픈 자신이 무척 역겨웠다. 두려움과 허기로 제대로 된 사고를 하지 못하는 와중에 자꾸 나희의 얼굴이 떠올랐다. 답답할 정도로 길게 자라 눈썹을 한참 전에 덮어버린 앞머리와 애매하고 어색한 미소. 그랬던 나희는 어느 순간부터 자연스럽게 웃을 줄 알게 되었다. 그 애와 친해지고 싶다는 생각이 들 정도로 환하게.

거미를 닮은 남자의 비명이 끼어들며 이경을 현실에 돌려놓았다. 이경은 현실과 나희의 얼굴 사이에서 갈팡질팡했다.

중앙 계단은 거미줄로 막혀 있었다. 봉봉이가 뭐라 그랬더라? 그래, 남자의 거미줄은 불에 약하다 그랬다. 불, 불이라. 불을 피울 수 있는 물건이 학교에 있을까? 이대로 계속 복도 끝으로 가면 뭐가 있지? 교무실 옆에는 과학실, 과학실 옆에는 이름도 기억나지 않는 무슨 실습실이 있었고, 복도 끝은 보건실이었다. 불을 피울 수 있는 물건을 대체 어디서 구할 수 있을까? 송나희는 지금쯤 뭘 하고 있으려나. 모의고사는 잘 보았을까? 잘했겠지. 매번 걱정하고 징징대면서도 잘해내니까. 송나희는, 나와는 다르니까. 수많은 질문과 답으로 머리가 어지러웠다. 이경은 그러면서 스스로를 질책했다. 그런데 왜 하필 참치마요 삼각김밥이었어야 했을까.

극심한 공포와 두려움에 시달린 이경은 까무룩 얕은 잠에 들었다. 짧은 시간 동안 이경은 꿈을 꾸었다. 꿈에는 거미를 닮은 남자가 나왔다. 남자는 나희의 얼굴을 하고 이경을 죽이기 위해 달려왔다.

*

학교는 언제나 한결같다. 이리 보고 저리 보아도 거지 같다는 뜻이다. 고등학교라고 해서 달라지는 건 없었다. 지루한 입학식을 견디던 와중에도, 하얀 바람막이에 묻은 회색 발자국을 지우던 순간에도, 급식을 최대한 많이 먹는 것처럼 보이기 위해 분주하게 젓가락을 놀리는 척하는 순간에도 이경은 그렇게 생각했다. 모든 게 지루하고 버거워서 도저히 제정신을 차릴 수가 없는 곳이 바로 학교라고. 어른들은 학교가 아이들을 위한 공간인 것처럼, 아이들을 안전하게 지켜줄 것처럼 말하지만 그건 이미 학교를 벗어난 자들만 할 수 있는 기만이었다. 그리고 급식은 또 왜 그렇게 양이 많은지. 이제 막 1학년 3반이 된 박이경은 여러모로 모든 게 불만스러웠다.

새 학기를 맞이해 이경이 새로 사귄 친구들은 모두 이경을 좋아했다. 이경이 무엇을 하는지 바쁘게 살피고, 무엇을 입고 무엇을 먹는지 모조리 알아내려 했다. 이경의 하얀 피부가 부럽다고 칭찬했고 이경의 팔다리가 군살 없이 날씬하다며 감탄했다. 무조건적인 칭찬과 감탄이 무수히 쏟아질 때면, 이경은 악의가 없다는 것을 알면서도 별다른 반응을 하지 않았다. 세상에는 악의가 없기에 더 무서운 것들도 존재하는 법이다. 친구들은 아무것도 모르면서 이경을 부러워했다. 대신 이경 역시 친구들의 진짜 속내를 모르기에 편하게 그들을 비난할 수 있었다.

"박이경, 왜 그래? 입맛 없어?"

누군가 물어 이경은 밥알을 뒤적거리던 젓가락을 멈추었다. 한다고 했는데 역시 티가 났던 모양이었다. 고개를 들자 모두의 시선이 자신에게 꽂혀 있는 걸 발견했다. 입맛이 없냐고 물은 친구의 두 눈이 기묘한 심술로 번들거렸다.

이경은 굳이 이런 질문을 꺼낸 저 아이가 무엇을 기대하는지 알았다. 이경이 입맛이 없다고 대답하면 역시 그래서 말랐구나, 이경이는 매일 다이어트를 하는구나, 나도 다이어트 해야 하는데, 같은 말을 끊임없이 반복할 것이다. 덜 먹는 이경을 칭찬하는 건지 비난하는 건지 도통 알 수 없는 어조로, 이경이 영원히 이해할 수 없는 마음을 내보일 터였다. 이럴 때 이경이 보일 수 있는 반응은 하나였다. 눈 딱 감고 목구멍에 음식을 쑤셔넣는 것.

이경이 밥과 나물과 볶은 소시지 따위를 입에 마구 집어

넣자 질문을 던졌던 아이의 얼굴이 비뚤어졌다. 이경은 씹던 것들을 목구멍으로 넘기고 천진하게 웃었다.

"아니, 입맛이 없기는. 내가 먹는 속도가 느려서 그래."

이경은 급식 판을 깨끗이 비웠다. 실제로 급식은 억지로 맛있는 척할 필요가 없을 만큼 괜찮았다. 밥에서는 단맛이 났고 적당히 기름진 나물과 소시지 볶음은 간이 적당했다. 그럼에도 한 그릇을 위장으로 쑤셔넣는 내내 속이 울렁거렸다. 오늘 점심이 총 몇 칼로리였지? 이럴 줄 알았으면 휴대폰을 제출하기 전에 식단표를 제대로 확인할 걸 그랬다.

너는 잘 먹는데도 어떻게 그렇게 마른거야, 나는 어젯밤에 못 참고 또 치킨 시켰잖아, 존나 살쪘어. 완전 돼지 새끼라니까. 어떡해, 이러다 굴러다니는 거 아냐? 가벼운 대화가 오갔다. 그리고 모두가 공감하며 동시에 꺄르르 터지는 웃음이 이어졌다. 이경은 간신히 입꼬리를 비틀어 올렸다. 점심시간은 그렇게 밥풀 하나 남지 않아 말끔해진 이경의 급식 판과 함께 끝이 났다.

5교시가 20분 정도 흘렀을 즈음, 이경은 화장실에 가겠다며 교실을 빠져나왔다. 점심을 먹고 난 직후의 나른함과 식곤증으로 다행히 아무도 이경을 신경 쓰지 않았다. 여자 화장실 역시 텅 비어 있었다. 이경은 칸 안으로 들어간 후,

조심스레 변기 뚜껑을 열고 쭈그려 앉았다.

어젯밤, 잠들기 직전에 SNS에서 본 문장이 이경의 머릿속을 스쳐 지나갔다. 하루를 굶으면 0.5킬로그램. 이틀을 굶으면 1킬로그램. 일주일 굶으면 3.5킬로그램……. 그런 식으로 끝도 없이 늘어나는 문장에 이경은 힘을 얻었다. 딱 하루만 굶어볼까, 아니면 이틀만, 아니면 일주일만. 완전히 굶을 수 없다면 삼각김밥 하나 혹은 바나나 한 개, 달걀 한 개. 급식을 딱 두 숟가락만 먹는다거나. 이경은 입을 벌리고 검지를 들었다. 이경은 살면서 구토를 한 적이 많지 않았다. 축복인 건지 저주인 건지 뭘 먹어도 거뜬히 소화해내는 위장 덕분이었다. 손가락을 어디까지 넣어야 하는지, 넣은 다음에는 어떻게 해야 하는 건지 이경은 정확히 알지 못했다. 불안함이 밀려왔다. 이경은 눈을 딱 감고 손가락을 목구멍 깊숙이 밀어 넣었다.

몇 번이나 변기를 붙잡고 헛구역질했지만 토하지는 못했다. 이경은 초조하게 손가락을 집어넣고, 다시 집어넣고, 또다시 집어넣었다. 이까짓 것 하나 제대로 하지 못하는 자신이 한심했다. SNS 보면 다들 잘만 하던데. 아니, 그런 사람들은 애초에 나처럼 먹지를 않았겠지. 벽에 등을 기댄 채로 다시 손가락을 넣는데, 닫혀 있던 문이 벌컥 열렸다. 아,

이경은 탄식했다. 멍청하게 문을 안 잠갔으니 이건 누구를 비난할 수도 없는 온전한 자신의 탓이었다.

문 너머에는 송나희가 있었다. 작은 키에 작은 몸집. 기억에 쉽게 남지 않을 정도로 수수한 인상을 가진 아이였다. 수많은 아이 속에서 혼자만 블러 칠을 당하기라도 한 것처럼 희미한 존재감을 풍기던 아이. 나희는 입학식 날 무대에 나가 상을 받기도 했었다. 그러면서 이경의 바람막이를 밟았고, 끝내 사과도 하지 않았다. 옆자리의 친구가 희한한 애라며 소곤거렸지만 이경은 이상하게도 딱히 화가 나지 않았다. 평소의 이경 같았더라면 노발대발할 일이었다. 입학식 날부터 힘 빼기 싫어서 그랬나, 이경은 대수롭지 않게 생각했다. 바람막이에 남은 발자국을 지울 때는 좀 가슴이 쓰렸지만.

그런데 오늘, 하필이면 그런 송나희에게 목구멍에 손가락을 쑤셔넣고 있는 장면을 들킨 것이다.

깜짝 놀랐는지 나희의 두 눈이 동그래졌다. 미, 미안! 나희는 당황한 목소리로 말을 더듬고는 조심스레 문을 닫아주었다. 아, 짜증 나. 쟤는 왜 하필 수업 중에 화장실을 오고 지랄이야. 몇 번의 시도를 더 해봤으나 이경은 끝내 토하지 못하고 칸을 나왔다. 나희는 어쩔 줄을 모르고 허둥대며 손을 씻고 있었다. 수도꼭지를 열고 잠그기를 반복하는 꼴을 보아하니, 이경이 무엇을 하고 있었는지 똑똑히 목격한 게 분명했다.

도대체 왜 그런 짓을 하고 있었던 건지 물어보려나? 혹은 소문을 낼까? 아니, 아니다. 나희가 이경이 저지른 짓의 의미를 깨닫긴 할까? 아무리 생각해도 나희는 먹뱉이나 먹토 같은 것들과는 거리가 멀어 보였다. 그래도 만약 알아챈다면, 그때는 어쩌지. 설마 같잖은 위로라도 한다면? 생각만 해도 매스꺼웠다. 중학교 시절, 박이경이 제일 듣기 싫어했던 건 친구들의 어쭙잖은 위로였으니까.

모르면서 안다고 생각하는 친구들의 겉핥기식 위로. 이경이 왜 굶는지, 이경이 왜 씹고 뱉는지, 이경이 왜 편의점에서 간식을 고를 때마다 칼로리를 확인하는지 알지도 못하면서 무작정 이해한다는, 괜찮아질 거라는 소리를 누군가 종알거릴 때마다 이경은 속이 뒤틀렸다. 그렇게 위로하던 친구 중 나쁜 사람은 하나도 없었다는 게 이경의 양심을 건드리기도 했다. 선의에서 시작된 말조차 선의로 받아들이지 못한 이경은, 결국 자신을 위로하던 아이들과 끝까지 친구로 남지 못했다. 그리고 이경이 겉모습으로 판단하기에 나희는 정확히 그런 부류였다. 주관도 신념도 없이 주위의 눈치만 보다가 서투르고 전형적인 위로의 말을 주워섬기는. 그러다가 또 사과나 할 테고, 그러다가 또 결국 도망가겠지. 나희 같은 애들은 보지 않아도 뻔했다.

이경은 천천히 수도꼭지를 열어 물을 틀었다. 쏟아지는 물줄기 아래로 얼굴을 들이밀고 싶었으나 그랬다가는 화장을 처음부터 다시 해야 하는 사태가 벌어질 것이다. 가만히 손을 씻는데 나희의 시선이 느껴졌다. 굳이 거울로 확인하지 않아도 나희의 고개가 자신을 향해 옆으로 돌아가 있는 것쯤이야 쉽게 눈치챌 수 있었다.

이경은 나희가 자신을 위로해주길 기대했다. 예전 그 친구들처럼 상투적인 위로를 하거나 괜찮을 거라고 토닥이는 것도 나쁘지 않았다. 그러면 나희에게 순수하게 분노할 수 있을지도 몰랐다. 거기에 에너지를 쏟아부으면 기분이 좀 나아질 것이었다. 하다못해 멍청하게 혹시 아까 뭐 하던 거야? 하고 물어도 좋았다. 아니, 사실 그렇게 물어준다면 베스트다. 깔깔대며 나희의 멍청함을 비웃고, 네 목구멍에 손가락을 쑤셔넣으면 어떻게 되는지 해보라는 악담을 쏟아낼 수 있을지도 몰랐다. 이경은 그런 말을 아무렇지 않게 내뱉을 수 있는 사람이었다.

그러나 나희는 모든 기대와 가능성을 빗나갔다. 이경에

게는 아무런 말도 건네지 않고, 얌전히 손을 씻은 뒤 화장실을 빠져나갔다.

나희가 나가고 이경은 거울 속에 홀로 남았다. 자신이 만든 상상 속의 나희를 짧은 시간 동안 수십 번도 넘게 찢어발겼다는 게 믿기지 않았다. 그렇다고 딱히 미안하거나 죄책감이 드는 건 아니었다. 이경은 원래 자기 자신만 생각하는 이기주의자였으므로.

이경은 마지막으로 입술을 깨끗이 닦고, 원래의 상태로 돌려놓기 위해 꼼꼼히 틴트를 발랐다. 갈라진 입술이 생기를 되찾자 이경은 다시 완벽해졌다.

교실로 돌아온 이경은 칠판에서 눈을 뗄 줄 모르는 나희의 등을 바라보며, 잠시 궁금해졌다. 쟤는 내가 정말로 토하고 있었어도 그냥 모른 척 지나갔으려나?

*

맞다, 가스 토치.

잊고 있던 기억이 번쩍 떠오름과 동시에 이경은 선잠에서 깨어났다. 정확한 시간을 확인할 순 없었으나 여전히 거미를 닮은 남자의 비명이 희미하게 이어지는 것으로 보아,

다행히 그리 많은 시간을 흘려보낸 건 아닌 듯했다. 기껏해야 몇 분이겠지. 이런 상황에서 잠들어버렸다는 말도 안 되는 사실에 절망하기보다는 떠오른 기억을 어떻게 활용할 수 있을지 머리를 짜내는 게 나았다. 이럴 때 송나희라면 끝내주는 계획을 세울 텐데, 그런 생각이 어딘가에서 삐죽삐죽 고개를 드는 것을 애써 무시했다.

과학실에는 다양한 실험 도구들이 있다. 그중에는 언젠가 실험에 사용했던 가스 토치도 있다. 아마 과학실 문도 3학년 교무실처럼 잠겨 있지 않을 것이다. 정해진 시간이 되면 경비 아저씨가 모든 문이 잠겨 있는지 꼼꼼히 확인한다는 사실은 이경이 있는 차원에 영향을 끼치지 못하는 것 같았다. 남자가 아직도 엄살을 피워대는 틈을 타 재빨리 과학실로 들어가고, 가스 토치를 찾고, 중앙 계단을 막고 있는 거미줄을 태운다. 이상할 정도로 쉬워 보이는데, 정말 가능할까? 이럴 때 송나희라면……. 거기까지 생각하고 이경은 짜증스럽게 고개를 흔들었다. 그만 생각하자. 송나희라고 해서 천재는 아니니까. 기가 막힌 방법을 쉽게 고안해내지는 못했을 것이다.

그래도, 뭐. 적어도 이 계획이 괜찮은 건지 아닌지 정도는 검토할 수 있었겠지.

이경은 교무실을 나가 양말 바람으로 과학실에 도착했다. 그러나 뒷문은 이경을 비웃기라도 하듯 굳게 잠겨 있었다. 3학년 교무실 열쇠함에 과학실 열쇠가 있을까? 잠깐 머뭇거리는 사이, 이경은 희미한 비명이 어느새 사라진 것을 깨달았다. 딱딱하고 날카로운 발끝이 바닥을 툭툭툭, 내려치는 소리가 그제야 들렸다. 공포영화의 한 장면처럼 두려움에 떨다 천천히 고개를 돌리는 짓 따위 하고 싶지 않았지만 별수 없었다.

거미를 닮은 남자가 두드린 것은 바닥이 아니라 천장이었다. 그는 천장에 거꾸로 매달려 있었다. 기괴하게 꺾인 다리를 자유롭게 뻗으며, 남자는 무시무시한 속도로 이경을 향해 돌진했다. 본능적으로 도망치려는 이경의 발목을 무언가가 붙잡았다. 복도 한가운데에 달리기 결승선처럼 죽 뻗은 하얀 거미줄이 설치되어 있었고, 그것에 이경의 양 발목이 단단히 붙들렸다.

벗어나려고 발을 버둥거렸으나 거미줄은 질기게 늘어나기만 할 뿐, 쉽사리 끊어지지 않았다. 남자는 속도를 줄이지 않고 이경을 향해 손을 뻗었다. 이경은 필사적으로 발을 굴렀다. 썅. 제발, 좀! 참지 못하고 악을 지르는 순간, 남자의 거대하고 예쁜 까만 유리알과 정면으로 시선이 마주

쳤다. 이경은 똑바로, 그는 거꾸로 매달린 채로.

남자의 손이 이경의 목을 거머쥐었다. 어마어마한 힘에 몸이 순식간에 공중으로 붕 떠올랐다. 이경의 발목을 칭칭 감고 있던 거미줄이 끊어졌다. 허공에서 허우적거리는 이경의 얼굴이 새파랗게 질리는 모습을, 여덟 개의 눈알이 비웃듯 바라보고 있었다. 이경은 손을 뻗어 그 까맣고 반들반들한 눈알 위에 손가락을 가져다 댔다. 여덟 개 중에서도 제일 큰 것을 고른 것은 이경의 본능이었다. 이경은 상대에게 타격을 입히는 것에 탁월한 재능을 가지고 있었다.

길게 자란 손톱으로 까만 유리알을 꾸욱 눌렀다. 젤리처럼 말캉한 무언가가 이경의 손바닥 밑에서 뭉개졌다. 거미를 닮은 남자가 비명을 질렀다. 이번엔 엄살이 아니라 진짜였다. 남자의 손에서 힘이 빠지자 이경은 바닥으로 떨어졌다. 이경이 콜록대는 동안 남자는 천장을 내려와 사악한 비명을 내뱉으며 휘청거렸다. 벽과 신발장에 부딪혀 슬리퍼와 액자가 우수수 떨어졌다. 이경의 손톱에 남자의 눈알이 끼어 있었다. 짓이겨진 유리알에서 검은색도 보라색도 아닌 오묘한 색의 핏물이 줄줄 흘러내렸다. 그는 두 팔로 눈을 감싸 쥐고 포효하다가, 복도 한가운데에 버티고 있는 이경을 향해 몸을 날렸다. 이경이 피할 수 없는 속도였다.

하지만 다행히 아무 일도 일어나지 않았다. 남자는 이경이 아니라 다시 한번 벽에 몸을 들이박았다. 정확히 설명할 순 없지만, 이경이 남자의 눈알을 뭉개버리면서 그는 어떤 감각을 잃었거나 몸을 제어할 수 없는 상태가 된 것이 분명했다. 이경은 그 찰나를 놓치지 않았다.

이경은 열리지 않는 과학실 뒷문 근처를 서성였다. 보란 듯이 남자를 도발하며 두 팔을 번쩍 들기까지 했다. 나 여기 있다, 여기! 이 괴물 새끼야! 온 힘을 다해 달려온 남자의 몸이 과학실 뒷문을 강타하자 문이 부서졌다.

남자는 부서진 문의 잔해 속에서 상황 파악을 하지 못하고 버둥거렸고, 이경은 부서진 문틈으로 몸을 욱여넣었다. 갖가지 도구로 가득한 과학실을 훑어보니 든든한 동료를 얻은 기분이었으나 느긋하게 만끽할 수는 없었다.

실험 도구들이 열을 맞춰 놓인 장식장 앞에서, 이경은 무언가를 발견하고 악을 질렀다. 가스 토치가 들어 있는 칸을 기억해내고 도착한 것까진 좋았는데, 야속하게도 장식장은 자물쇠로 잠겨 있었다. 남자가 정신을 차리기 전에 어떻게든 해야 했다. 무엇이라도 저질러야 했다. 이경은 발로 장식장을 걷어찼다. 부서져라 차고 또 차도 아무 일도 벌어지지 않았다. 씨발, 재가 할 땐 잘도 부서지더니 내가 할 땐 왜 안 되는 거야? 이경이 씩씩거리는 와중에도 작은 분홍색 자물쇠는 얄밉게 흔들렸다. 문득 머릿속을 스치고 지나가는 번호가 하나 있었다.

설마, 아니겠지. 반신반의하는 와중에도 몸이 먼저 움직였다. 이경이 자물쇠 번호를 131로 맞추자 거짓말처럼 자물쇠가 열렸다. 등 뒤에서 남자가 경고인지 각오인지 모를 소리를 으르렁거렸다. 침착하자, 배운 대로만 하면 된다. 근데 어떻게 하랬더라? 토치 홈에 부탄가스 통을 끼우고 밸브를 연다. 쿵쿵거리며 이경을 향해 달려오는 육중한 진동이 느껴졌다. 이경은 뒤를 돎과 동시에 토치 점화 버튼을 눌렀다.

이경의 코앞까지 다가온 남자의 얼굴이 지글지글 구워졌다. 단백질 타는 냄새가 났다. 얼굴을 감싸 쥐고 물러나는 남자를 향해 이경은 끈질기게 토치를 들이밀었다. 알맞게 구워진 눈알 몇 개가 하얗게 물들어갔다.

이경은 주춤주춤 도망가는 남자를 집요하게 쫓았다. 가스가 떨어지면 새 통을 집어 와 교체했다. 이경은 이 일을 하기 위해 태어난 사람처럼 움직였다. 이경은 상대에게 타격을 입히는 것에, 사냥감을 사지로 모는 것에 역시 천부적인 재능이 있었다.

남자의 얇은 다리가 파들파들 비참하게 떨리다가 이상한 각도로 꺾였다. 검게 그을린 얼굴과 달리 하얗게 변한 눈알들이 기묘한 조화를 이루었다. 남자는 크게 휘청였다. 한 번, 두 번. 그러더니 뒷문을 향해 내빼기 시작했다. 필사적으로 도망가는 것을 집요하게 뒤쫓았지만 남자가 조금 더 빨랐다. 복도 밖으로 나간 남자는 잠시 비틀거리더니 벌러덩, 뒤집혔다. 여덟 개의 발을 허공에 쳐든 채로. 이경은 경계를 풀지 못하고 헐떡였다.

거미를 닮은 남자는 더 이상 움직이지 않았다. 마침내 다리에 힘이 풀려 주저앉은 이경의 뱃속에서 꼬르륵 소리가 났다. 긴박한 상황에 어울리지 않는 초라한 소리여서 이경은 손바닥에 얼굴을 묻은 채 힘없이 웃었다.

이경은 부탄가스를 몇 통 더 챙겼다. 중앙 계단을 막고 있는 거미줄을 태울 용도였다. 과학실을 나와 마침내 고요해진 복도를 살피자 복도 끝에 위치한 보건실이 눈에 들어왔다. 피가 말라붙은 종아리가 귀신같이 다시 아프기 시작했다. 마침 보건실 문이 잠겨 있지 않아 이경은 코웃음을 쳤다. 봉봉이가 자신을 지켜보고 있는 걸까? 보건실은 꼭, 거미를 닮은 남자를 처치한 보상으로 이경에게 내려진 선물 같았다.

종아리 곳곳을 장식하는 상처에 연고를 바르고 반창고를 붙이는 것으로 처치는 간단하게 끝났으나, 이경은 한동안 보건실을 떠나지 못했다. 이렇게 누워 있어도 괜찮지 않을까. 눈을 감고 동이 트는 것을 기다려도, 다른 층에서 이경을 기다리다 못해 심심해진 무언가가 보건실을 찾아와 이경을 갈기갈기 찢어버리는 것을 기다려도, 혹은 송나희가 자신을 죽이도록 내버려두어도…… 되지 않을까. 그런 말도 안 되는 생각이 든 탓이었다. 아주 잠시였으나 이경은 모든 걸 그만두고 싶어졌다. 다 관두고 아무 생각 없이 참치마요 삼각김밥을 배불리 먹고 싶었다. 너무 배가 고픈 나머지 현기증이 났다. 가만히 눈을 감은 이경의 귓가에 누군가 속삭였다. **그렇지만 여기서 멈출 순 없잖아.**

이경은 몸을 일으켜 침대에 걸터앉았다. 지금 이 순간, 송나희 역시 자신을 죽이기 위해 달려오고 있을 것이다. 겁이 많아도 머리는 좋으니까 어떻게든 3층을 돌파하겠지. 나희는 멈추지 않을 것이다. 이경처럼. 나희와 이경은 서로를 죽일 듯이 미워하니까. 그런 생각을 하자 갑자기 눈물이 날 것 같았다.

이경은 가스 토치로 중앙 계단을 막고 있는 거미줄을 태웠다. 거미줄은 불길에 힘을 쓰지 못하고 속수무책으로 불

타올랐다. 비로소 아래로 향하는 계단이 모습을 드러냈고, 이경은 양말 바람으로 계단을 내려가며 스스로와 몇 번이고 약속했다. 송나희를 죽이는 것은 다른 누구도 아닌 박이경이어야 한다고 말이다.

*

억지로 토하는 데 처음으로 성공했다. 보건실 침대에 누운 이경은 승리의 순간을 떠올리며 미소 지었다.

오늘 점심은 오므라이스, 딸려 나온 간식은 미니 핫도그였다. 이경이 윤기가 흐르는 계란 지단을 탐욕스러운 눈으로 가만히 노려보는 동안, 이미 몇 숟가락을 목구멍으로 밀어 넣은 친구들은 이경을 보며 웃었다. 재 또 저런다. 야, 그럴 거면 나 줘. 아, 생각해보니까 안 돼. 나 또 존나 살찜. 모두가 깔깔거리는 동안 이경은 대망의 첫 숟가락을 입안으로 집어넣었다. 오므라이스는 맛이 나쁘지 않았지, 핫도그도 그랬고. 다시 뱉어내야 한다는 게 미안할 만큼.

5교시 음악 수업 중 이경은 화장실에 간다는 핑계로 자리를 떴다. 오늘에야말로 꼭 성공할 생각이었다. 토하는 감각을 두려워하는 이경으로서는, 살면서 토한 기억이 손에

꼽을 정도로 건강했던 이경으로서는 엄청난 결심이었다.

모든 걸 뱉어내고 변기 물을 내렸을 때, 오늘 치의 죄책감과 살덩이가 휩쓸려 사라져 더 이상 보이지 않게 되었을 때 이경은 비로소 편하게 숨을 쉴 수 있었다. 거울 속 자신이 그제야 마음에 들었다. 토하느라 부르튼 입술도, 푹 팬 양 볼도, 퀭한 두 눈도. 이경은 아무렇지 않은 척 음악실로 돌아갔다.

억지로 토한 탓이었을까, 노트에 필기를 하던 이경은 문득 몸이 이상해지는 걸 느꼈다. 열이 나는 것처럼 이마가 뜨거웠고 몸살 기운이 올라왔다. 얼굴이 창백해진 이경을 발견한 음악 선생님은 이경을 지나치지 않고 어디가 아프냐며 집요하게 추궁했다. 이경은 다정한 추궁을 견디다 못해 결국 화장실에서 구토를 했다고 털어놓고 말았다. 어머, 체했니? 음악 선생님이 묻기에 이경은 고개를 끄덕였다. 친구들의 시선이 모조리 이경에게 쏠렸다. 당당히 노트와 교과서를 챙기고 보건실로 향하면서, 이경은 속으로 음악 선생님을 씹었다. 하여튼 오지랖 존나 넓어.

그렇게 이경은 6교시까지 아무도 없는 보건실에 홀로 누워 있는 호사를 누리게 된 것이다.

오늘은 체했다는 걸로 겨우 넘겼지만, 다음번에도 같은

변명을 할 수는 없었다. 매번 체했다고 하면 친구들도 의심할 테니까. 제일 좋은 건 토했다는 사실 자체를 들키지 않는 것이다. 아니, 더 좋은 건 애초에 덜 먹는 것. 어떻게 하면 덜 먹을 수 있을까? 방법은 딱 두 가지였다. 솔직하게 털어놓는 것. 아니, 안 되지. 그러면 난리 날 텐데. 걔 먹토한다고 소문나고 결국 선생님 귀에까지 들어갈걸. 그럼 엄마한테 연락이 갈지도 몰랐다. 그렇다면 두 번째 방법. 이해해주는 친구와 밥 먹기. 이해해주는 친구가 있기나 할지도 의문이었지만 이경의 자존심이 허락하지 않았다. 지가 뭔데 날 이해해. 이해한답시고 같잖은 충고나 위로를 하겠지. 혹시 세 번째 방법도 있나? 무엇도 묻지 않는 사람과 밥 먹기.

처음 떠오른 해결책을 잠깐 검토해보는 사이, 보건실 문이 열렸다. 이경은 눈을 돌려 출입문 쪽을 바라보았다. 거기 나희가 있었다. 흥미를 잃고 고개를 돌렸지만 놀랍게도 나희는 이경을 향해 다가왔다.

나희는 아무도 앉으려 하지 않는 교실 맨 앞자리를 배정받았다. 지루한 수업 시간 내내 등이 꼿꼿했고, 엎드려 자는 꼴을 본 적이 없었다. 언제나 수업에 집중했고, 쉬는 시간에는 책을 읽었다. 나희의 주변에는 아무도 없었다. 감탄스러울 정도로 단 한 명도 다가오지 않았다. 이경은 고립된 나희를 대수롭지 않게 여겼다. 원래 반에 저런 애들 한 명 쯤은 있는 법이잖아. 아니, 보통 두세 명씩 있지. 그러면 자기들끼리 다니면 될 텐데, 왜 그러지 않는 걸까? 꼴에 자존심 부리는 건가? 그런 오만하고 무례한 생각을 아무렇지도 않게 했다.

그럼에도 이경은 가끔, 나희의 꼿꼿한 등을 주시하며 나희가 어떤 얼굴을 하고 있는지 지켜보았다. 그 많고 많은 학생 중에서 왜 하필 송나희인지는 이경도 몰랐다. 입학식 날 이경이 아끼던 바람막이에 발 도장을 남겼기 때문에? 목구멍에 손가락을 쑤셔넣는 이경을 보고도 아무 말도 하지 않았기 때문에? 종종 고민해보았지만 알 수 없었다. 아마 죽을 때까지 알지 못할 것이다.

저기……. 나희는 귀를 기울이지 않으면 잘 들리지 않을 정도의 작은 목소리로 말을 걸었다. 이경은 짜증스레 눈을 떴다. 어쩔 줄을 모르고 머뭇거리던 나희는 이경의 반응을 보고 몸을 움츠렸다.

"왜, 뭐."

이경이 쏘아붙였다.

"선생님이 괜찮은지 찾아가보라고 해서……."

왜 하필 재야? 어이가 없었으나 금방 이해가 되었다. 담임의 목소리에는 수면제라도 탄 듯이 모두를 잠재우는 능력이 있었다. 담임이 누구 한 명 보건실로 가서 이경의 상태를 확인하라고 명령했을 테고, 이경의 친구들은 모두 수면제에 취해 자느라 정신이 없었을 것이다. 혹은 귀찮으니까 가지 않으려고 했을지도. 그 와중에 담임의 눈에 들어온 게 맨 앞줄의 송나희였겠지. 무차별 수면제 공격에도 끄떡없는 무적의 송나희.

"이게 괜찮아 보여?"

"어…… 아니."

이경은 이불을 머리끝까지 뒤집어썼다. 6교시가 끝날 때까지 이러고 있겠다는 심산이었으나 나희는 굴하지 않고 자꾸 우물거렸다.

"그…… 소화제는 먹었어? 혹시 안 먹었으면 찾아줄까 해서……."

"너 존나 시끄럽다, 진짜."

이경은 대놓고 중얼거리며 이불 속에서 머리를 내밀었다. 이경의 사나운 말투에 나희는 조개처럼 입을 꾹 다물었다. 뭐라고 겁을 줘야 나희가 귀찮게 굴지 않고 교실로 돌아가려나. 이경은 이상하게도 나희 앞에서는 모든 힘을 다해, 최대한으로 심술궂게 굴고 싶어졌다.

"나 체한 거 아니야."

"어? 어, 그러면?"

"일부러 토한 거야. 저번에 봤으면서 왜 모른 척해."

침묵이 내려앉았다. 드디어 입을 다물어버린 나희에 이경은 짧은 희열을 느꼈다. 그러나 그 뒤에 일어진 일은, 모두 예상 밖이었다.

나희는 침묵했으나 그렇다고 해서 이경의 곁을 떠나지도 않았다. 이경의 눈치를 살피면서도 망부석이었다. 기다리다 못한 이경이 먼저 물었다.

"안 물어봐?"

"뭐를?"

"왜 일부러 토하는지 안 물어보냐고. 안 궁금해?"

"……안 궁금해."

나희의 단호한 목소리가 낯설었다. 이경은 그제야 몸을 일으켰다. 정확히 표현할 수 없는, 괴상하고 오묘한 감각. 단순한 흥미라고 표현하기에는 아까운 감정이었다. 나희는 무언가 고민하는 듯하다가, 아까보다 조금 더 분명해진 목소리와 발음으로 중얼거렸다.

"그럴 수도 있는 거잖아."

"억지로 토하는 게 그럴 수도 있는 거라고?"

"사람은 원래 다…… 조금씩 다르니까."

나희는 그러면서 희미하게 웃었다.

쟤는 웃는 것도 시원하게 하지 못한다고 생각했으나, 이경은 더는 나희를 비웃을 수 없었다. 오늘뿐만 아니라 앞으로도 더 이상 나희를 비웃을 수 없을 것 같았다. 나희는 이경이 비웃어도 되는 사람이 아니었다. 세상에 나희를 비웃을 수 있는 사람은 아무도 없었다.

앉아 있다 갈래? 이경이 나지막이 물었을 때 나희는 잔뜩 당황했으면서도 이경의 제안을 거절하지 않았다. 나희는 이경의 머리맡으로 의자를 끌고 와 앉았다. 소소한 대화가 오갔다. 애들 다 자지? 응. 너는 왜 안 자? 밤에 많이 자거든. 나는 많이 자도 졸리던데. 대화는 대체로 길게 이어지지 못하고 뚝뚝 끊겼지만 이경은 어색하지 않았다.

요즘도 피아노 쳐? 아니. 왜? 치기 싫어서, 별로 늘지도 않아. 잘 치던데……. 그림도 잘 그리고 글씨도 잘 쓰고, 잘하는 게 많은 것 같아. 글씨를 잘 쓴다고? 어…… 저번에 보니까 예쁘게 잘 쓰더라. 그걸 네가 어떻게 알아? 수행평가지 제출하다가 봤어, 미안. 사과 안 해도 되는데. 그래도…… 미안. 안 해도 된다니까. 근데 글씨 잘 쓴다는 말은 처음 듣는데. 엄청 예뻐, 필기도 잘하고.

이경은 잠시 생각에 잠겼다. 그러고 보니, 이해하지 못하면서도 칠판에 적힌 것은 모조리 정리해야 직성이 풀리긴 했었다. 자를 대고 선을 그어 표를 만들고, 그 안에 정갈한 글씨를 채워넣고, 색색의 형광펜으로 줄을 쳤다. 그 과정이 한 번도 즐겁다는 생각을 해본 적 없었을뿐더러 아무도 이경이 필기를 잘하고 또 좋아한다는 것에 관심을 가져주지 않았지만, 눈을 반짝이는 나희를 보니 문득 스스로를 되돌아보게 되었다. 어쩌면 그 과정이 즐거웠던 걸지도 모르겠다, 나는 어쩌면 그걸 좋아했던 걸지도 모르겠다, 하면서.

"필기하는 거 좋아하나 봐, 그지."

"공부는 아니고 필기만."

"그래."

나희는 이경의 재빠른 변명이 재미있었는지 소리 죽여 킥킥거렸다. 웃음소리가 생각보다 밝고 명랑했다.

"너 집 갈 때 어느 방향으로 가?"

한 번도 들어본 적 없는 질문을 받은 나희의 얼굴이 기쁨과 놀라움과 두려움으로 물들었다.

이경은 여전히 알지 못했다. 입학식 날 바람막이를 밟은 나희에게 왜 화를 내지 못했는지, 왜 빳빳한 나희의 등을 바라보며 재는 내가 토하고 있었어도 그냥 지나갔으려나? 하고 묻게 되었는지, 음악실에서 만난 나희가 화장실에서의 일을 떠올리지 못하는 것을 보고 왜 안도하는 동시에 섭섭해졌는지.

송나희와 가까워질 수 있을 것 같다. 본능, 직감 혹은 운명. 그런 비이성적이고 비합리적인 단어들로만 이경의 확신을 설명할 수 있었다. 나희와 친구가 되고 싶다. 어린아이가 되기라도 한 것처럼 유치하고 천진한 마음이, 이경의 어딘가에서 불쑥 솟아올라 스멀스멀 온몸으로 번졌다.

음, 어, 그게……. 한참을 우물거리던 나희가 마침내 답을 꺼냈다. 버스 정류장 쪽으로. 이경이 반색하며 물었다. 나도 그쪽으로 가는데, 오늘 같이 갈래?

그렇게 이경과 나희는 친구가 되었다.

서로를 향한 강렬한 살의의 기반은 이렇게 사소하고 평범한 것에서 만들어진다. 예를 들면 아무도 없는 보건실, 상대를 응시하며 웃는 두 사람 사이에서 처음으로 모습을 드러낸 희미한 균열 같은 것으로부터.

2층

움직이는 인체모형

"너, 6월 모의고사의 저주 알아?"

나른한 6교시 체육 시간, 스탠드에 앉아 즐기고 있는 선선한 바람과 어울리지 않는 뜬금없는 물음이었다. 호시탐탐 주머니에 들어 있는 물건을 꺼낼 기회를 노리고 있던 나희는 속마음을 들킨 사람처럼 당황했다. 이경은 태연한 얼굴로 발을 흔들며 나희의 답을 기다렸다. 체육복 반바지 아래로 이경의 마른 두 다리가 리듬에 맞춰 흔들거렸다.

"그게 뭐야? 너 그런 거에 관심 있었어?"

최대한 재치 있는 답을 돌려주고 싶었다. 나희는 이경의 어깨를 툭 치며 장난스레 웃었다.

2학년 5반 16번 송나희는 더 이상 예전의 송나희가 아니었다. 혼자가 되고 싶지 않아 오도카니 주변을 살피던 처량한 알갱이가 아니라는 뜻이다. 1년이 조금 안 되는 시간 동안 이경과 함께한 시간은 나희를 머리부터 발끝까지 바꾸어놓았다.

한 번도 고백한 적은 없지만, 이경과 함께 있는 모든 순간마다 나희는 머릿속에서 폭죽이 터지는 기분이었다. 나희는 이제 명백한 덩어리였다. 학교에서 가장 존재감이 큰 알갱이와 함께 무리를 이룬 덩어리. 가만히 있어도 자석처럼 알갱이를 끌어당기는 이경의 영역 안으로 나희는 수줍게 발을 들이밀었고 무사히 이경의 옆자리를 꿰찼다.

이경은 충동적이었고 재주가 많았다. 취미로 피아노를 쳤고 공부는 하지 않으면서 필기에는 많은 시간을 쏟아부었다. 완벽한 줄과 동그라미를 그리고 형광펜으로 화려하게 노트 장식하는 걸 좋아했다. 적게 먹거나 혹은 거의 먹지 않았다. 언제나 제멋대로였지만 나희와 함께 있을 때는 대부분 성질을 죽이는 경우가 많았고, 이경이 그런 모습을 보일 때면 나희는 안정감을 느꼈다. 등교가 두려워 잠을 설치던 밤은 서서히 줄어갔다. 교문 앞에서 심호흡하던 나날들은 사라졌다. 이경은 언제나 나희의 처음을 함께했다.

학교가 끝나면 둘은 약속이라도 한 것처럼 시내로 향했다. 야자를 신청해둔 나희는 이경과 시간을 보내며 자주 도망쳐야 했다. 선생님들은 가끔 주의를 주었지만 그래도 성적이 잘 나오는 나희를 강하게 나무라지는 않았다. 나희와 이경은 네 컷 사진을 찍고 화장품 진열대 사이사이를 헤매며 깔깔거렸다. 코인 노래방에서 2시간을 보내기도 했고 신발 끈을 독특하게 묶는 방법을 인터넷에서 찾아 서로의 운동화 끈을 묶어주기도 했다. 나희는 이경에게 속수무책으로 끌려갔다. 절대로, 저항하지 못했다. 이경은 나희의 전부였다. 법이고 진리였으며 꿈이었고 미래였다. 어떤 휘황찬란한 수식어를 붙여도 아깝지 않은 존재였다.

"아, 너같이 똑똑한 애들은 그런 거 안 믿나?"

이경이 씩 웃었다. 모두를 자기 편으로 만들 것처럼 쾌활하고 매력적인 미소였지만, 명백한 빈정거림이 섞여 있어 나희는 마주 웃어주지 못했다.

심장이 목구멍까지 튀어 올랐다가 아래로 쿵, 소리 나게 떨어졌다. 마음 한구석에 가라앉아 있던 찌꺼기들이 요동치며 사방에서 흩날렸다. 이경이 곁에 있다는 이유로 모른 척해왔던 불안감이었다. 이경이 종종 이런 식으로 반응하면 나희는 초조해졌다. 이경의 짧은 한마디에 상상 속에서 수백 번도 더 버림받고 또 버림받을 때면 할 수 있는 게 없었다. 그저 불안을 차곡차곡 깔끔하게 정리해둘 뿐이었다.

원할 때마다 다시 꺼내 되새기고 두려워할 수 있도록, 언젠가 이경이 자신을 떠날 순간을 대비할 수 있게.

"들어본 적 없어? 6월 모의고사의 저주. 우리 학교 전설이잖아. 매년 6월 모의고사만 끝나면 학생 한 명이 죽거나 사라진다는 거야. 작년에 3학년 선배 교통사고로 죽은 거, 그거 6월 모의고사 다음 날이었어. 소름 돋지 않아? 애들이 그러는데, 사고가 아니라 저주 때문이래. 선배들은 다 알고 있어서 별로 놀라지도 않았다던데?"

이경은 언제 그랬냐는 듯 살갑게 말을 붙였다. 이경의 친근한 미소를 보자 순식간에 모든 게 괜찮아졌다. 어떤 사람이 너무 중요해지면, 나희는 세상에 그 사람과 자신 단둘만 남아도 괜찮을 것 같은 착각에 빠질 때가 있었다.

물론, 그런 단꿈에 빠져 살다 보면 현실감을 잃어버리는 법이지. 나희의 귓가에서 낯선 목소리가 속닥거렸다.

이경이 만들어낸 덩어리에 끼고 싶어 호시탐탐 기회를 노리는 아이들은 언제나 넘쳐났다. 아이들은 작고 애매해 존재감이 없는 송나희가 누구나 돌아볼 정도로 예쁘고 마른 박이경과 한 덩어리라는 사실을 이해하지 못했다. 나희에게는 선택지가 박이경 하나뿐인데 비해, 이경에게는 송나희 말고도 선택지가 무궁무진하게 많았다.

"생각해보면 입학 전에도 사고가 많았다고 들었던 거 같아. 자살한 애도 꽤 많고, 실종된 애도 있지 않았어? 재작년에. 그거 따져 보면 다 6월일걸?"

이경의 곁에 남아 있으려면, 이경이 다른 선택지로 눈을 돌리지 않게 하려면 나희만이 할 수 있는 역할이 필요했다. 다른 그 누구도 대신할 수 없는, 오직 나희만이 할 수 있는 것. 나희는 아무렇지 않게 화제를 돌렸다.

"오늘 끝나고 뭐 먹으러 갈까?"

사실 야자 시간에 끝내야 할 숙제가 있었지만, 그것쯤이야 이경을 위해서라면 기꺼이 포기할 수 있었다. 나희에겐 학원 숙제보다 이경과의 우정을 유지하는 것이 더 중요했으니까.

저주에 대해 이야기하며 잔뜩 들떴던 이경의 하얀 얼굴이 싸늘하게 굳더니, 곧 고개를 저었다.

"아니, 요새 살쪄서."

이경은 손가락으로 메마른 팔마디를 감쌌다. 한 손으로 쥘 수 있는지 아닌지를 확인해보는 것 같았다.

2학년이 된 후로도 이경은 여전히 살에 예민했다. 조금 먹거나 거의 먹지 않았고, 가끔 토했다. 나희는 이경이 마음껏, 배부르게 먹기를 바랐다. 이경은 피아노를 잘 쳤고 필기도 잘했으며 그 외에도 재주가 많았다. 단순히 마른 다리와 한 손에 잡히는 팔목으로 이경을 판단하기에는 이경이 너무 소중했다. 이경에게 그렇게 털어놓고 싶었지만 시도하지는 않았다. 이경이는 어쩜 저렇게 말랐니, 좀 잘 챙겨 먹어라. 야 이경아 너 솔직히 몇 키로야? 박이경 너 진짜 말랐다. 너무 예쁘다. 인형 같아. 이경아 너 좀만 걸으면 부러질 거 같아, 괜찮아? 나도 박이경처럼 말랐으면 좋겠다. 이경이는 말라서 예쁘잖아. 나도 이경이처럼 날씬해져야지. 이경은 이미 숭배에 가까운 칭찬에 충분히 둘러싸여 있었고 거기에 나희의 한마디 따위가 끼어들 틈은 없었다.

그렇지만 나희는 언젠가 이경에게 꼭 말하고 싶었다. 난 네가 좋아하는 참치마요 삼각김밥을 마음껏 먹었으면 좋겠어.

"재네는 왜 맨날 피구 연습만 해?"

이경이 운동장 한가운데서 몸을 날리는 반 친구들을 바라보며 무심하게 물었다. 나희는 지금이야말로 주머니에 숨겨둔 무언가를 건넬 절호의 기회라고 생각했다.

"체육대회 준비하는 거잖아."

"나도 알지. 근데 왜 저렇게 목숨을 거냐고. 이기면 돈 주는 것도 아닌데."

이경이 툴툴거리는 사이 나희는 마침내 선물을 꺼냈다.

화려한 빛을 내는 포장지에 싸인 직사각형의 자그마한 상자가 나희의 손바닥 위에 수줍게 놓였다. 선물을 발견한 이경의 눈이 동그래졌다.

"생일 축하해."

쑥스러웠는지 나희의 목소리가 절로 작아졌다. 이경이 너무 작아 들리지 않는다며 장난을 쳤다. 나희는 이경의 손으로 선물을 넘겨주었다. 이경이 리본을 풀고 포장지를 벗겼다.

상자 안에는 제법 고급스러운 만년필 한 쌍이 들어 있었다. 각각 나희와 이경의 이니셜이 새겨진 만년필은 얼룩 하나 없는 검은색이었고, 촉은 뾰족하고 날카로웠다. 이경이 탄성을 터뜨렸다. 대형 문구점을 구경할 때마다 만년필 앞에서 떠날 줄을 모르던 이경이었다. 만족스러운 반응이 나오자 나희는 덩달아 신이 났다.

"웬 만년필이야?"

"너 엄청 갖고 싶어 했잖아. 그걸로 필기하라고. 하는 김에 내 것도 같이 샀어. 이니셜도 새겼다? 예쁘지."

"근데 왜 선물을 여기서 줘?

"그럼 어디서 줘야 하는데?"

"몰라."

이경이 깔깔거렸다. 나희는 이경을 따라 그냥 웃었다.

"고마워, 사물함에 넣어놔야지."

"안 쓰고 사물함에 넣어둔다고?"

"누가 훔쳐 가면 어떡해?"

"아무도 안 훔쳐 가. 누가 훔쳐 간다고 그래."

"그래도. 야, 애들 비싼 거는 귀신같이 알아본다니까?"

이경은 만년필을 소중히 품에 안았다. 손바닥 위에서 펜을 굴리는 이경을 가만히 바라보던 나희가 덧붙였다.

"이번에도 같은 반이라서 진짜 다행이야. 앞으로도 잘 부탁해."

"……."

"음, 그동안 부끄러워서 말 못 했는데, 있잖아……."

난 너만 있으면 다 괜찮은 거 같아. 나희는 온몸의 무게를 싣듯, 최대한의 진심을 담아 말했다.

어렵게 뱉은 말이었으나 너도 그러냐는 물음은 차마 건네지 못하고 꾹 삼켰다. 이경의 대답은 곧장 돌아오지 않았다. 이상한 침묵이 길어질수록, 설명할 수 없는 불안감이 나희를 조금씩 좀먹어갔다. 마침내 이경이 결심한 듯 입술을 달싹이던 순간이었다.

"야, 박이경!"

낯선 목소리가 이경의 이름을 크게 외쳤다. 이경과 나희의 고개가 동시에 돌아갔다.

체육복 위에 요즘 유행하는 브랜드의 티셔츠를 걸쳐 입은 아이가 손을 흔들었다. 짙은 화장이 잘 어울리는 아이였다. 나희는 반사적으로 시선을 피했으나, 이경은 손을 마주 흔들며 아이를 반겼다. 왜? 아이는 옆구리에 끼워둔 피구공을 보란 듯이 내밀었다.

"너도 같이할래?"

균열을 비집고 들어오는 해맑은 목소리.

공을 내민 아이의 뒤로 또 다른 무리가 있었다. 모두 이경을 기다리고 있는 것 같았다.

심장이 목구멍을 뚫고 나오기라도 할 것처럼 펄떡거렸다. 나희는 반사적으로 이경을 바라보며, 들리지 않을 목소리로 애원했다. 제발 나를 혼자 두지 말아달라고.

"그래……. 그러지, 뭐."

이경은 대수롭지 않게 대답하고는 자리에서 일어났다. 만년필을 다시 상자에 넣고 나희에게 돌려주었다. 나중에 교실에서 다시 주라, 미안. 이경은 가뿐하게 스탠드를 한 칸 한 칸 내려가더니, 자신을 기다리는 무리의 틈에 섞여들었다. 그 사이에서 이경은 눈이 부시게 빛났다. 순식간에 그 무리에 없어서는 안 될 존재가 되었다.

나희는 이경과 아이들이 피구하는 광경을 지켜보며 남은 6교시를 버텼다. 종이 울리고 자신에게 되돌아올 줄 알았던 이경은 아이들과 함께 난리법석을 피우며 교실로 사라졌다.

나희는 손이 아프도록 만년필을 쥐었다. 나희와 이경은 서로를 알아보았고 단숨에 가까워졌다. 그건 벗어날 수 없는 운명이었다고, 이경은 자신을 외롭게 두지 않을 반쪽이었다고 나희는 확신했다. **그렇지만 박이경은 자유롭지, 너와는 다르게 선택지가 많은 아이니까.** 낯설지만 낯익은 목소리가 나희에게 빈정거렸다. 이경은 언제든지 나희를 떠날 수 있었다. 나희는 그게 죽도록 싫었다. 이경이 죽어도 자신을 떠나지 않기를 바랐다. 그렇게 될 수만 있다면 얼마나 좋을까?

*

2층에서 송나희 양을 괴롭힐 적은 '움직이는 인체모형'입니다! 그는 과학실 한구석에 놓인 채로, 오랫동안 관심을 받지 못한 불

쌍한 친구랍니다……. 머리 위로 먼지가 수북이 쌓이는 광경을 보다 못한 그는 직접 나서기로 했답니다! 봉암여고 학생들의 머릿속에 잊을 수 없는 광경을 새길 심산이었죠! 모두가 그를 기억하도록 말이에요!

그는 매우 특이하고 재미있는 특징을 가지고 있지만…… 아쉽게도 송나희 양에게 알려줄 수는 없어요. 봉봉이도 먹고살아야죠! 2층이니까 난도를 좀 올려보자고요!

움직이는 인체모형은 송나희 양을 집요하게 쫓아갈 테고, 붙잡는 순간 송나희 양을 갈기갈기 찢어버릴 거랍니다! 인체모형을 멈추는 방법은 딱 하나! 유일하게 비어 있는 그의 심장을 되찾아주는 것뿐이에요. 아, 2층에서는 송나희 양이 저를 좀 즐겁게 해줬으면 좋겠어요! 1층은 솔직히 좀…… 아쉬웠잖아요? 봉봉이는 송나희 양이 좀 더 치열하게 싸우기를 바라요! 참고로 박이경 양은 생각보다 봉봉이를 즐겁게 해주었답니다. 이렇게 되면 봉봉이가 박이경 양의 합격을 바라게 될지도 몰라요!

0교시 살의 영역 두 번째 미션! 움직이는 인체모형의 심장을 되찾아주고, 그의 추격을 벗어나 3층으로 올라가라! 나가고 싶으면 죽여라! 죽기 싫으면 죽여라! 송나희 양이 박이경 양을 죽이는 그 순간까지, 파이팅! 저 봉봉이가 응원해요!"

2층 복도는 천장에 걸린 수많은 장식물로 인해 쉽게 움직일 수 없을 정도로 어지러웠다.

크리스마스에나 볼 법한 갖가지 오너먼트들과 기다란 꼬마전구, 털이 수북하게 달린 장식 등이 천장에서 아래로 길게 늘어져 있었다. 그것들은 복도를 걸을 때마다 나희의 얼굴에 부딪혔다. 제법 부피가 커다란 것도 종종 있어 손으로 헤치고 걸어가야 할 정도였다. 앞으로 나아가는 내내 나희는 뒤를 돌아보았다. 고요에 잠식당한 복도는 소리 하나 없이 조용했다. 나희는 복도에 존재하는 유일한 침입자였다. '움직이는 인체모형' 따위는 없었다. 그래서 더 불안한 걸지도 몰랐다.

복도 끝에서 반대편 끝까지 2층을 모조리 훑었다. 양쪽 계단과 중앙 계단 모두 방화셔터로 막혀 있는 상태였다. 셔터를 꼼꼼히 살폈지만 딱히 나희가 할 수 있는 일은 없었다.

중앙 계단 앞에서 나희는 목표를 찾지 못하고 배회했다. 초조하게 서성거리는데 문득 발에 걸리는 것이 있었다. 가느다란 붉은 실이었다. 붉은 실은 어딘가로 이어졌다. 혹시나 하는 마음에 실을 당겨보자, 그 끝이 어딘가에 묶여 있는지 제법 팽팽해졌다.

붉은 실이 길잡이인 걸까? 나희는 바닥에 놓인 붉은 실을 집어 들고, 조심스레 실을 따라 앞으로 나아갔다. 그러나 몇 걸음도 걷지 못하고 제자리에 멈춰 서고 말았다. 저 멀리, 수많은 장식물로 뒤덮인 복도 끝에 인체모형이 서 있었다.

살색으로 번들거리는 전신, 둥근 머리에 반듯하게 자리 잡은 이목구비. 얼굴 반쪽은 살갗이 벗겨져 그 안에 박힌 커다란 안구와 가려진 이가 선명하게 보였다. 잘린 양팔 옆으로 폐와 핏줄이 어지럽게 엉켰고, 간, 위, 분홍빛 창자, 붉은 근육…… 같은 것들이 빼곡하게 속을 채운 모형은 검은 받침대 위에 꼿꼿하게 놓여 있었다.

대체 언제부터 저기에 있었던 걸까? 나희는 숨 한 번 내쉬지 않고 인체모형을 노려보았다. 인체모형은 계속 그 자리에 있었다. 적어도 목이 긴 여자처럼 달려오거나, 나희를 위협할 것 같지는 않았다.

나희는 천천히 고개를 돌려 다시 붉은 실에 집중했다. 붉은 실을 따라 조심조심 걸음을 옮기는데, 이상한 소리가 들렸다.

스윽, 스윽, 스윽.

무심코 고개를 들었을 때, 인체모형은 조금 전보다 더 가까이 다가와 있었다.

잘못 생각했나? 나희 역시 붉은 실을 따라 복도를 걸었으므로, 자신이 가까이 다가간 것을 인체모형이 이동한 거라고 착각한 걸지도 몰랐다. 그렇지만 아까는 분명…… 인체모형은 복도 끝, 2학년 1반 부근에 있었던 것 같은데. 지금의 인체모형은 2학년 2반 명패 옆에 서서 미세한 움직임도 보이지 않고, 나희와 눈을 맞추며 가만히 그 자리에 존재했다.

나희는 다시 시선을 거두었다. 붉은 실을 따라 움직였다. 소리는 또 들렸다.

스윽, 스윽, 스윽.

재빠르게 소리의 근원지를 찾아 고개를 들었을 때는 인체모형이 역시나 조금 더 가까이 다가온 후였다. 설마, 나희는 마른침을 삼켰다. 인체모형은 꼭…… 나희가 바라보지 않을 때 이동하는 것 같았다. 나희의 시선이 닿지 않는 순간을 노려서, 스윽거리는 소리를 내며 재빠르게.

나희는 눈을 감았다. 눈을 감고 길게 3초를 셌다. 하나, 둘, 셋. 다시 눈을 떴다. 인체모형은 더 가까워져 있었다. 의심할 것도 없이 명백했다. 움직이는 인체모형은 나희가 바라볼 때면 멈추고, 바라보지 않을 때면 나희를 향해 다가왔다.

나희는 심호흡을 했다. 누구든 무엇이든 간에 돌파구는 있는 법이다. 허둥대거나 당황하지 않으면 못 할 일이 없었다. 지금은 일단 붉은 실을 따라가야 할 것 같았다. 나희의 유일한 길잡이는 그뿐이었으므로.

나희는 인체모형에 시선을 고정한 채로 붉은 실을 따라갔다. 다행히 붉은 실은 계속 앞으로 이어졌기에 방향을 틀지 않고 나아갈 수 있었다. 나희가 눈을 깜빡이는 미세한 순간마다 인체모형은 조금씩 앞으로 다가오는 듯했지만, 육안으로 구분할 수 없는 정도였다. 이대로라면 충분히 인체모형과의 거리를 벌리면서 움직일 수 있을 것 같았다.

붉은 실이 갑자기 옆으로 꺾였다. 나희는 어쩔 수 없이 곁눈질로 옆을 확인했다. 붉은 실은 여자 화장실 안으로 이어졌다. 그 안으로 들어가면, 나희의 시선은 인체모형을 벗어나게 된다.

푸르게 빛나는 인체모형의 안구가 나희를 가만히 노려봤다. 그 안에서 눈동자가 도르륵 소리라도 낼 것처럼 굴러갔다. 천장에 걸린 수많은 장해물을 뚫고, 그것은 태연하게 나희를 향해 다가왔다. **스윽, 스윽, 스윽, 스윽**. 순식간에 복도 위를 미끄러지며, 나희를 향해 조금씩, 조금씩.

그렇지만 인체모형이 두려워 붉은 실이 향하는 곳을 포

기할 수도 없는 노릇이었다.

나희는 속으로 다섯을 셌다. 하나, 둘, 셋, 넷, 다섯. 숫자가 끝나자마자 붉은 실을 당기며 달렸다. 화장실 안으로 들어가 미친 듯이 길을 찾았다. 붉은 실은 맨 안쪽 칸으로 이어졌다. 칸 안에 무엇이 있을까? 다행히도 칸은 잠겨 있지 않았다. 목구멍에서 펄떡거리는 심장박동을 간신히 가라앉히며 문을 열었다.

붉은 실은 그 무엇에도 묶여 있지 않았다. 붉은 실은 그저 칸 안쪽 벽에서부터 천장으로 이어져 다시 화장실 입구 쪽으로 되돌아 나갈 뿐이었다.

속았다, 그런 생각이 들었다. 봉봉이의 장난인가? 깔깔대는 봉봉이의 웃음소리가 귓가에 들리는 것 같기도 했다. 아무런 수확도 얻지 못하고 그저 한 바퀴를 돌아 밖으로 나가는 붉은 실을 눈으로 따르며, 칸 밖으로 나갔다. 약한 비명이 저절로 튀어나왔다.

화장실 입구에 인체모형이 버티고 서 있었다. 가까이서 마주한 그는 꼭 살아 있는 것 같았다. 안구는 미약한 물기에 뒤덮여 있었고, 분홍빛 창자에는 윤기가 흘렀다. 숨을 들이켜고 뱉기라도 하는 것처럼 꾸준하게 부풀어 오르는 갈색 폐 한 쌍. 그 사이로 자리 잡은 핏줄들이 뱀처럼 꿈틀거렸다.

인체모형은 나희가 생각했던 것보다 훨씬 더 빨랐다. 그렇다면 붉은 실을 따라가는 동안 충분히 시간을 벌어두어야 했다.

나희는 비틀거리며 벽을 짚고 일어났다. 후들거리는 다리에 좀처럼 힘이 들어가지 않았다. 마지막으로 무엇을 먹었는지 기억도 나지 않았지만, 자꾸만 무언가가 목구멍 속에서 튀어나오려고 했다. **여기서 그만두려고? 기대도 안 했지만, 생각보다 더 실망스럽다.** 목소리가 종알거렸다. 나희는 목소리를 향해 외쳤다. 제발, 조용히 좀 해!

나희는 한동안 벽에 등을 기댄 채로 씩씩거렸다. 목소리는 사라지고 없었다. 인체모형은 여전히 천연덕스럽게 나희를 바라보고 있었다. 일자로 죽 찢어진 입꼬리 끝이, 미세하게 위로 올라간 것 같다면 착각일까?

나희는 눈을 감았다. 이번에도 다섯을 셌다. 하나, 둘, 셋, 넷, 다섯. 눈을 뜨자 인체모형은 화장실 안으로 깊숙이 들어와 나희의 경로를 가로막았다. 다섯 개의 칸 옆으로 위치한 좁은 복도였지만 인체모형의 옆으로 비집고 지나갈 틈은 충분해 보였다. 나희는 다시 한번 눈을 감고 또 수를 셌다. 이번에는 셋이었다. 하나, 둘, 셋.

인체모형이 코앞까지 다가와 나희를 내려다봤다.

나희는 인체모형에게서 시선을 떼지 않았다. 여전히 인체모형을 바라보는 채로, 조심스레 옆으로 돌아 인체모형 옆을 지나쳤다. 화장실을 나가는 순간까지 인체모형에게 두 눈을 박은 상태로 뒷걸음질을 쳤다. 인체모형은 나희의 시선이 향하는 동안은 조금도 움직이지 않고, 여전히 화장실 복도 끝을 노려보고 있었다. 발밑에서 화장실 문턱이 느껴졌다. 나희는 보폭을 크게 해 문턱을 넘어갔다. 밖으로 나가 화장실 문을 닫은 다음, 천장에 달린 붉은 실을 확인했다. 붉은 실은 중앙 계단을 지나 반대쪽 복도로 이어졌다.

나희는 붉은 실을 따라 달리기 시작했다. 얼굴과 팔다리에 부딪히며 나희의 앞을 가로막는 수많은 장해물을 헤치고 또 밀쳤다. 등 뒤에서 화장실 문에 무언가 쿵, 하고 부딪히는 소리가 났다. 인체모형이 화장실 밖으로 나오려 하고 있었다.

붉은 실은 다행히 또 다른 장난을 치지 않고 죽 이어졌다. 나희는 붉은 실을 따라 교실 앞에 도착했다. 2학년 5반, 나희와 이경의 교실이었다. 문은 드르륵 소리를 내며 열렸다. **쿵, 쿵.** 여자 화장실 문이 부서졌다. 이번에도 **스윽, 스윽,**

스윽……. 나희를 향해 조금씩, 조금씩.

*

여기서 울면 안 된다, 절대로. 나희는 자신을 향해 몇 번이고 되뇌었다.

여기서 울어버리면 정말 비참해진다. 비참해지면 다시 알갱이로 돌아가야 하겠지. 나희는 두 번 다시 알갱이가 되고 싶지 않았다. 그럴 바에 차라리 죽는 게 더 나았다.

"야, 똑바로 말하라고. 진짜 네가 가져간 거 아니야?"

모두의 시선이 나희를 향해 있었다. 스물다섯 명 모두가. 누군가는 자기들끼리 소곤대면서, 누군가는 비웃으면서, 누군가는 걱정스러운 얼굴을 하고 나희를 바라봤다. 그중에 나희를 바라보지 않는 사람은 딱 한 명, 이경뿐이었는데 그건 이 상황에 관심이 없다기보다 일종의 시위를 하는 것에 가까웠다. 고집스럽도록 앞만 바라보는 이경의 등에서 이 상황에 끼어들지 않겠다는 단호한 의지가 느껴졌다.

왜 나를 모른 척하는 거야? 언제부터 잘못된 거지? 어디서부터 어긋난 걸까?

내가 뭘 잘못했길래?

숨기고 있던 마음이, 뾰족뾰족하고 날카롭고 구질구질한 것들이 심장을 뚫고 솟아올랐다. 목구멍을 타고 올라와 살갗을 찌르고 구멍을 내 피가 줄줄 샜다. 입술을 떼는 순간 그 안에 가득 찬 것들이 쏟아질 것만 같았다. 심장이 뛰는 소리가 교실이 떠나가라 울리고 식은땀이 났다.

박이경은 송나희를 버렸다.

대체 왜 버림받은 건지, 송나희가 무엇을 잘못한 건지 박이경은 설명하지 않은 채로 다른 무리로 옮겨갔고, 처음부터 거기 있었던 사람처럼 완벽하게 스며들었다.

이경의 새로운 무리는 전교에서 유명한 문제아 집단이었다. 종종 이상한 농담으로 수업 분위기를 깨고 이유 없이 시비를 거는 류의 아이들. 나희는 평생 그들과 어울릴 일은 없을 거라고 생각했고, 실제로 그들도 나희를 투명 인간 취급했다. 그거면 되었다고 생각했는데.

"야, 내가 물어보잖아. 진짜로 박이경 아이패드 네가 가져간 거 아니야?"

그래도 이런 상황이라면, 네가 한마디라도 해줘야 하는 거 아니야?

모두가 나희를 쳐다봤다. 도둑을 바라보는 듯한 눈빛이었다. 아니라고 말해야 하는데 입술이 떨어지지 않았다. 이경은 여전히 칠판을 바라보고 있었다.

알갱이로 지낸 세월이 길었던 만큼 나희는 체념이 빨랐다. 평소에도 매일같이 생각하지 않았던가. 이경은 자신과 어울리지 않다고. 이경처럼 반짝거리고, 뭘 해도 튀고, 예쁘고, 인형 같고, 마르고, 사납고, 얄밉고, 성격이 더럽고, 변덕스럽고, 먹지 않고, 급식을 버리고, 제멋대로고, 나희의말을듣지않고토하고피아노를잘치고글씨를예쁘게쓰고필기한장한장에모든에너지를쏟고가끔은친절하고가끔은예상못한모습으로자신을놀라게하는 사람과는…… 처음부터 어울리지 않았다고. 그러니 이경이 자신을 버리더라도 무너지지 않을 수 있다고 생각했는데, 현실은 상상과는 비교도 되지 않게 아팠다.

이경의 아이패드는 이제 막 한 달이 된 새것이었다. 이경이 생일을 맞아 부모님을 조르고 졸라 마침내 받아낸 것이라고 했다. 위험을 무릅쓰고 학교에 가져와 자랑할 만큼 아이패드는 광이 흘렀다.

6교시 체육 시간이 끝나고 운동장에서 교실로 돌아온 이경은 아이패드를 찾았다. 가방을 뒤지고 사물함을 뒤져도 아이패드가 보이지 않는다고 했다. 이경의 새 친구이자 무리의 리더처럼 보이는 아이는, 6교시 체육 시간 동안 교실에 홀로 남아 있었던 나희를 범인으로 지목했다. 맹세컨대 나희는 이경의 가방에는 손도 대지 않았다. 자리에 앉아 꼼짝도 하지 않았음을 몇 번이나 설명했는데도 불구하고 나희는 너무 쉽게 죄인 취급당했고 모두가 그럴 것 같았다는 눈빛으로 나희를 바라보았다.

그리고 이경은, 한마디도 하지 않았다. 나희가 이경의 아이패드를 건드릴 리 없다는 걸 잘 알면서도.

왜 대답이 없냐며 잔뜩 흥분한 아이가 나희의 책상을 발로 찼다. 그다지 위협적이진 않았지만 나희는 두 손이 덜덜 떨릴 만큼 충분한 타격을 입었다. 보다 못한 누군가가 나희의 앞을 막아섰다. 아니라고 하잖아. 아까부터 그랬는데 왜 그래? 어느새 이경이 고개를 돌려 나희를 가만히 관찰하고 있었다.

"야, 박이경. 너 아이패드 교실에 두고 갔잖아. 아니야?"

자기 일처럼 펄펄 뛰며 화를 내던 아이가 이경을 향해 물었다. 나희를 위해 대신 나선 친구는 거들떠보지도 않았다.

"맞아."

"6교시 때 없어진 거지?"

"응."

"거봐. 그럼 너 말고 누가 있냐고, 도둑년아."

그 아이는 또다시 발길질을 했고 이번에는 책상이 제법 세게 밀렸다. 나희는 뒤로 넘어지지 않기 위해 책상을 붙들고 버텨야 했다.

"박이경, 네가 직접 얘기할래?"

지나가는 말처럼 물었지만 아이의 제안은 사실 명령에 가까웠다. 이 교실에서 자신이 어떤 위치에 놓여 있는지, 어떤 역할을 수행해야 하는지 잘 알고 있는 사람만이 할 수 있는 물음이었다. 이경은 군말 없이 일어나 기계처럼 나희를 향해 다가왔다. 둘은 빤히 서로를 마주 보았다. 그새 또 키가 큰 걸까, 이경의 얼굴을 보기 위해서 나희는 평소보다 더 높게 고개를 들어야 했다. 광대뼈에 박힌 독특한 점이 오늘따라 도드라졌고, 교복 밑으로 드러난 팔다리가 유독 새하얬다. 이경은 창백하게 질려 있었다.

난 너처럼 되고 싶었어. 마지막 자존심 때문이라도 절대 보여줄 수 없었던 마음이, 궁지에 몰리자 고개를 번쩍 치켜들었다. 사납게 입을 벌리고 뱀처럼 날카로운 이를 이경을 향해 드러냈다. 사악하고 치졸하게 꿈틀거리던 그것은, 나희의 마음 한편에서 악취를 폴폴 풍기며 그동안 나희를 조금씩 물들여왔다. 갉아먹었다.

이경처럼 되고 싶었다. 이경처럼 멋진 사람이 되면 부끄

럽지 않을 것이었다. 이경은 자신과 친구인 것을 자랑스럽게 생각할 테고, 나희 역시 이경을 당연하게 생각했을 터였다. 빛나는 아이의 곁에는 또 다른 빛나는 아이가 있기 마련이니까. 내가 그런 사람이었다면 아무도 우리를 보며 어울리지 않다고, 이상한 한 쌍이라고 비웃지 않았겠지. 너와 내가 함께 서 있는 걸 당연하게 여겼겠지. 그러니 이건, 온전히 자신의 탓이었다. 반짝거리지 못하는, 태생부터 알갱이에 불과했던 송나희의 잘못.

"야."

"……."

"진짜 네가 훔친 거 아니야?"

불안한 얼굴로 빤히 나희를 노려보는 주제에, 이경의 목소리는 절대로 흔들리지 않았다.

대치 상태가 되어버린 두 아이 때문에 교실에는 순식간에 살얼음판 같은 긴장감이 흘렀다. 다들 간절히 수업 종이 울리기만을 기다리고 있는 그때, 앞문이 거칠게 열리며 자리를 비웠던 아이들이 들어왔다. 그중 한 명의 손에 아이패드가 들려 있었다. 아이패드는 자연스럽게 이경의 책상 위에 놓였다. 이경아, 너 이거 음악실에 두고 갔더라. 교무실에서 받아 왔어.

이경에게 아이패드를 건넨 아이들은 교실의 심각함을 눈치채지 못한 채, 킬킬거리며 자리로 향했다. 마침내 자리에 앉아 주변을 살핀 후에야 그들은 사나운 자세로 나희를 추궁하던 아이에게 물었다. 야, 무슨 일이야? 왜 이래?

피아노 연습을 하다가 두고 온 거구나. 아이패드로 악보를 본 거고. 그래, 그럴 줄 알았다. 눈물이 핑 돌면서 동시에 헛웃음이 비죽비죽 흘러나왔다. 때마침 종이 울렸다. 오늘따라 거슬리는 노래가 끝도 없이 이어지며 수업의 시작을 알렸다. 싸움을 구경하던 아이들은 어색하게 제자리로 돌아갔다. 나희를 추궁하던 아이가 다가와 나희의 등을 툭툭 두드렸다. 야, 미안하다? 비아냥대는 음성이 종소리에 묻혀 잘 들리지 않았다.

"나희야…… 괜찮아?"

나희를 위해 나섰던 아이가 걱정스레 물었다. 친절하고 상냥한 아이였다. 이름이 뭐였더라. 나희는 고인 눈물이 마르기를 기다리며 아이의 이름을 떠올리려고 애썼다. 애석하게도 떠오르는 이름은 이경뿐이었다.

어떤 사람이 너무 중요해지면, 세상에 그 사람과 나 단둘만 남아도 괜찮을 것 같은 착각에 빠질 때가 있는 법이지. 목소리가 속삭였다. 나희는 그제야 자신이 만년필을 쥐고 있었다는 걸 깨달았다. 손등에 핏줄이 바짝 솟아날 정도로 강하고 지독하게.

이경이 미웠다. 이경에게 상처를 주고 싶었다. 수단과 방법을 가리지 않고 이경을 괴롭히고 싶었다. 참고 참았던 지독한 말들이 나희의 위장 속에서 꾸역꾸역 목구멍을 타고 올라왔다. 제발 내 말 좀 들어. 토하지 마. 대체 왜 그러는 건데. 널 이해할 수 있는 사람은 세상에 없을 거야. 네가 혼자가 되었으면 좋겠어. 아무도 네 곁에 남지 않았으면 좋겠어. 나 아니면 널 견딜 사람이 있기나 할까?

지난 1년간 나희는 분수에 맞지 않는 행복을 누렸다. 이경과 함께 많은 처음을 경험하고 그 행복이 원래부터 자신의 것이었다는 듯, 자랑하고 싶어 안달이 나 있었다. 어울리지 않게 설치는 나희는 많은 이들의 신경을 거슬리게 했을 것이다. 이제는 깨어나야 했다. 이루지 못한 꿈과 달콤한 미래는 한꺼번에 무너졌다. **박이경은 너를 떠났어. 이제 돌아오지 않을 거야.**

착각에서 깨어난 인간은 언제나 고통을 맛보는 법이었다. 나희는 이경을 죽이고 싶은 마음을 억누르지도 진정시키지도 못한 채, 고통 속에서 온 힘을 다해 허우적거렸다. 나희는 이경을 죽이고 싶었다. 이경이 당장이라도 자신의 눈앞에서 사라지기를 바랐다.

그런 마음이 있었다. 그 애가 너무 좋아서 그 애가 죽어 버리기를 바라는 마음 같은 것. 그 애를 좋아하는 만큼 그 애가 고통스럽기를 바라는 마음 같은 것.

*

붉은 실은 교실 뒤편의 사물함으로 이어졌다. **스윽, 스윽, 스윽.** 나희는 눈앞에 보이는 광경에만 집중하며 앞으로 나아갔다. 붉은 실 끝에 대체 무엇이 있는 건지는 몰라도, 그것이 인체모형의 심장이기를 간절히 바랐다. 설마 봉봉이가 이 정도까지 큰 장난을 치지는 않겠지. 지금 나희의 앞에 놓인 힌트는 붉은 실 하나뿐이었으므로, 나희는 그것을 온전히 믿어야 했다.

발끝에 수많은 장해물이 차였다. 가위, 칼, 망치, 톱. 왜 여기에 있는 건지 이해할 수 없는 도구들. 발 디딜 틈도 없이 가득 쌓인 그것들이 나희의 발목을 붙잡으며 걸음이 느려지게 만들었다. 나희는 비틀대고 넘어지면서도 꿋꿋이 사물함으로 향했고, 붉은 실의 최종 목적지가 어디인지 두 눈으로 확인했다. 2학년 5반 13번 박이경의 사물함. 붉은 실의 끄트머리는 이경의 사물함 틈으로 사라져 보이지 않았다.

나희는 이경의 사물함 비밀번호를 알고 있었다. 이경의 사물함 비밀번호는 1년 전부터 나희의 생일이었다.

왜 하필 내 생일이야? 이경이 자물쇠를 조작하는 동안, 나희는 그 옆에 쭈그려 앉아 꼬치꼬치 캐물었다. 이경이 지겹다는 듯 나희를 밀어내며 자물쇠에 신경을 집중했다. 그래야 안 잊어버려서. 중학교 때도 그랬어. 제일 친한 애 생일을 자꾸 까먹어서, 비밀번호로 해두니까 절대 안 까먹게 되더라고.

만약 이경이 자물쇠 비밀번호를 바꾸지 않았다면, 모든 게 수월할 터였다.

나희는 사물함 앞에 예전처럼 쭈그리고 앉았다. 작은 분홍색 자물쇠를 돌리고 답을 맞혔다. 1125. 자물쇠를 돌리는 내내 이상하게 손이 떨렸다. 왜 이렇게 불안한 걸까? 사물함 안에 그토록 찾던 심장이 없을 것 같아서? 움직이는 인체모형이 어느새 교실 앞문까지 다가온 것 같아서? 그것도 아니면, 이경의 자물쇠 비밀번호가 더 이상 1125가 아닐까 봐? 나희는 자물쇠를 밑으로 당겼다.

예상한 대로 자물쇠는 열리지 않았다. 나희의 답이 틀

렸다.

대체 뭘 기대한 거야? 이경의 사물함 앞에 쪼그리고 앉아 희미한 기대를 품고 자물쇠에 매달렸던 자신이 초라하게 느껴졌다. 마지막까지 겨우 긁어모은 자존심이 순식간에 무너지면서 몸이 휘청였다. **쾅, 쾅, 쾅**. 인체모형이 앞문에 몸을 부딪쳤다. 나희는 지체 없이 바닥을 뒤덮은 도구들 속으로 손을 집어넣었다. 망치, 가위, 톱. 잡히는 것을 닥치는 대로 주워 자물쇠를 내리쳤다. 인체모형이 문에 몸을 들이박는 소리와 나희가 자물쇠를 내려치는 소리가 번갈아 울리며 기묘한 리듬을 만들어냈다. **쾅, 꽝, 쾅, 꽝, 쾅, 꽝!**

교실 앞문이 부서짐과 동시에 나희는 산처럼 쌓인 도구들 틈에서 절단기를 찾아냈다.

절단기는 종종 자물쇠 비밀번호를 까먹거나 자물쇠가 고장 나 사물함을 열지 못하는 아이들이 경비실에서 빌려오곤 하는 도구였다. 사용하기 쉽지 않아 평소라면 혼자서 도전하지 않았을 테지만 이제 와서 물러설 수는 없는 노릇이었다. 절단기의 입을 벌려 자물쇠에 올렸다. 박살 난 문의 잔해 위로 미끄러지며, 인체모형이 교실 안으로 들어왔다. **찰캉, 찰캉, 찰캉**. 인체모형의 검은 받침대가 각종 도구와 부딪히며 강렬한 소리를 냈다.

나희는 인체모형을 응시하는 상태로 절단기를 쓸 수 있는 자세를 찾으려고 했지만 실패했다. 차라리 등을 보인 채로 온 힘을 다해 절단기를 누르는 게 더 승산 있어 보였다. 하나, 둘……. 나희는 심호흡을 했다. 칠판 앞에 선 인체모형이 푸른 눈알을 빛내며 나희를 향해 달려올 준비를 하고 있었다. 셋, 잽싸게 뒤를 돌아 절단기를 적당한 곳에 놓고 모든 힘을 다해 꾹 눌렀다. **찰캉, 찰캉, 찰캉, 찰캉, 찰캉**. 등 뒤에서 소리가 점점 더 가까워졌다. 땀이 삐질 솟아오를 정도로 강하게 힘을 실었다. 제발, 제발, 제발!

마침내 자물쇠가 끊어졌다. 힘을 주었던 몸이 앞으로 쏠리며 미끄러졌다.

절단기를 내던진 나희는 사물함에 기댄 채로 재빨리 뒤를 돌았다. 인체모형은, 정확히 나희의 코앞까지 다가와 있었다. 딱 한 뼘의 거리만을 남겨둔 채, 아무 일도 없었다는 듯 평온하고 천연덕스럽게.

나희는 인체모형에게 시선을 고정한 상태로 손을 뻗어 사물함을 열었다. 활짝 열린 사물함 안으로 손을 집어넣고 더듬거렸다. 물컹하고 축축한 무언가가 손가락 끝에 닿았다. 사물함 밖으로 끄집어낸 그것은 심장이었다. 붉고 따뜻하고, 나희의 손바닥 위에서 펄떡펄떡 뛰는 심장. 심장과

닿은 손바닥과 손가락 끝에서, 아득하지만 분명한 온기가 느껴졌다.

길게 구경할 새는 없었다. 정신을 차린 나희는 인체모형의 한쪽 폐를 떼어내고 그 안의 빈자리에 심장을 놓아두었다.

인체모형은 반응이 없었다. 아차, 나희는 떼어낸 폐를 다시 제자리에 급하게 끼워넣었다. 딸깍. 알맞은 스위치 레버를 당긴 것처럼 적당한 소리가 났다. 숨을 죽이고 기다렸다. 인체모형의 파란 눈알 속 눈동자가 도르륵, 구르더니 나희를 빤히 주시했다. 끝나지 않을 것 같은 시간이 지겹게 이어졌다. 마침내.

딩동댕동.

발랄한 종소리가 침묵을 깨웠다. 소스라치게 놀란 나희는 그제야 안도의 한숨을 내쉬었다. 끝난 거겠지? 반신반의하며 주변을 살폈다. **아아, 마이크 테스트.** 봉봉이의 새된 목소리가 스피커를 타고 울리며 교실을 쩌렁쩌렁하게 메웠다.

축하합니다! 축하합니다! 송나희 양은 2층까지 무사히 돌파 완료하셨습니다. 얏호! 아직 가장 큰 고비가 남아 있긴 하지만 그래도 함께 기뻐해보자고요! 봉봉이는 송나희 양이 완전히 마음에 들었거든요! 송나희 양이 박이경 양을 죽이고 꼭 합격자가 되었으면 좋겠어요!

스피커 너머로 폭죽 터지는 소리가 귀청이 터질 듯이 들려왔다. 나희는 양쪽 귀를 막은 채로 자리에 주저앉았다. 긴장이 풀리면서 졸음이 밀려왔다. 이대로 그만 끝났으면 좋겠어. 나희의 속마음이 들리기라도 한 것처럼, 봉봉이가 폭죽 소리 사이로 말을 이었다.

에이, 송나희 양! 여기서 멈추면 안 돼요, 일어나요! 가장 멋진 하이라이트가 남았잖아요! 박이경 양은 송나희 양을 죽이고 싶어서 안달이 나 있다고요! 얼마나 무서운 얼굴로 달려오고 있는지, 송나희 양이 본다면 깜짝 놀랄 정도랍니다! 으으, 무서워!

찰캉, 찰캉. 인체모형은 도구들을 헤치며 교실 앞을 향해 나아갔다. 그는 부서진 문 앞에서 멈추어 서더니, 찰캉대며 뒤를 돌아 나희를 보았다. 나희가 자신을 따라오기를 기다리는 것 같았다. 나희는 후들거리는 다리로 일어서다 말고, 문득 바닥에 널린 무시무시한 도구들을 응시하며 생각에 잠겼다.

이제 나희의 앞에 남은 것은 3층이었다. 구름다리로 이어지는 3층. 나희는 3층에서 이경을 죽여야 했다. 이경 역시 자신을 죽이기 위한 무언가를 들고 달려오는 중이겠지. 그렇다면 그에 맞설 적절한 도구가 필요할지도 몰랐다.

망치, 가위, 톱, 절단기, 과도. 모든 게 너무 적절해서 쉽게 고를 수가 없었다. 손에 상처가 남는 것도 모르고 바닥을 헤집던 나희의 머릿속에 떠오르는 게 있었다. 나희는 이경의 사물함으로 달려들었다.

사물함 안은 평범했다. 인체모형의 심장이 놓여 있던 자리에 붉은 핏자국이 끈적하게 조금 남아 있을 뿐, 건드리지 않아 새것처럼 반짝이는 교과서 몇 권과 되는 대로 쑤셔넣은 체육복 외에 별다를 건 없어 보였다. 그리고 그 안, 깊숙한 곳. 그곳에서 나희를 기다리는 그것. 나희는 손을 집어넣어 교과서 사이에 끼워져 있던 사각 상자를 찾아냈다.

만년필은 다행히 멀쩡했다. 딱히 사용한 적이 없는 건지, 나희가 처음 선물했던 그 모습 그대로였다. 질문 2번, 사람을 죽이는 데 가장 적절한 방법은 무엇이라 생각하는

가. 나희의 대답은 그때도 지금도 변함없이 만년필이었다. 만년필의 가장 뾰족한 부분으로, 날카롭고 사나운 그 끝으로 이경의 목을 찌르고 싶다. 이경이 죽을 때까지 기꺼이 몇 번이고 할 수 있었다.

나희는 인체모형을 따라 비척대며 복도로 나섰다. 인체모형은 복도 끝 계단을 막고 있는 방화셔터 앞에 섰다. 그가 푸른 눈알을 굴리며 가만히 나희를 쳐다보자, 거짓말처럼 셔터가 올라갔다.

마침내 모습을 드러낸 계단을 나희는 멍하니 올려다보았다. 인체모형은 나희가 지나갈 수 있도록 길을 터주려는 듯 옆으로 살짝 물러났다. 한 층만 올라가면 이경을 만날 수 있을 것이다. 이경은 어떤 모습으로 또 어떤 얼굴로 나희를 향해 다가올까.

평생 이 자리에서 궁금해할 수만은 없었다. 나희는 거침없이 계단을 오르며 씩씩하게 나아갔다. 인체모형이 눈알을 도르륵 굴리며 응원인지 저주인지 모를 것을 전했다. 서둘러야 했다. 위층에서 이경이 기다리고 있을 테니까. 그 애가 너무 좋아서 그 애가 죽어버리기를 바라는 마음 같은 것이 있었으니까.

4층

노래하는 음악 선생님

걔가 언제까지 널 견딜 수 있을 것 같아?

목소리의 물음은 과연 합리적이었다. 목소리는 항상 이경이 안일하게 놓치고 있던 부분을, 자만에 빠져 생각지 못했던 틈을 찾아내 시원하게 긁어주었다. 이경은 어느 순간부터 목소리에 지나치게 의지하고 있는 자신을 발견했다. 하지만 어쩔 수 없었다. 이경이 의지할 곳은 아무 데도 없었으므로. 나희의 도움을 받아 완성한 수행평가지 위에 반듯하게 자신의 이름을 새기며, 이경은 나희를 향해 들리지 않게 물었다. 그래, 네가 날 언제까지 견딜 수 있을까. 버틸 수 있을까?

종이 울리기 5분 전의 과학실은 언제나 그랬듯 소란스럽고 활기찼다. 이경은 수행평가지를 마무리하고 나희를 찾기 위해 사방을 살폈다. 옆자리의 나희는 어느새 사라지고 없었는데, 굳이 찾지 않아도 뻔했다. 누군가의 명령을 수행하거나 쓸데없는 정리에 시간을 쏟고 있겠지. 이경의 예상대로 나희는 실험 도구들이 잔뜩 들어 있는 장식장 앞에서 방황하고 있었다. 이경은 나희를 돕기 위해 자리에서 일어나다가 엉거주춤한 자세로 멈추었다. 이름도 기억나지 않는 누군가가 나희의 옆에 함께 쪼그려 앉아 나희를 도우려 했다.

지난 1년 동안 나희에게 많은 것을 들켰다. 껍질을 한 꺼풀씩 벗겨내며 본모습을 드러내는 모든 순간마다 이경은 간절했다. 하얀 피부 아래에 감춰진 속내를, 끈적끈적하고 역겨운 것들을 모조리 꺼내 보이며 두려움에 떨었다. 번들거리는 분홍빛 창자와 엉긴 혈관들과 그 사이에 끼어 있는 것들까지 모조리. 다행히 나희는 한 번도 도망치지 않았다. 역겨움에 얼굴을 찌푸리지도, 이경을 비난하지도 않았다. 나희는 이경을 안아주었다. 분홍빛 창자와 엉긴 혈관들과 그 사이에 끼어 있는 역겹고 더럽고 구질구질한 것들까지 전부, 전부 감싸안겠다는 다정한 포부를 담은 미소를 지으면서 이경을 껴안았다. 괜찮다고, 기꺼이 이경의 곁에 남아 있겠다고 했다.

그렇지만 넌 나날이 조금 더 추악해지고, 나날이 조금 더 역겨워지는데. 그 아이가 얼마나 더 버틸 수 있을까? 목소리가 물었다.

이경이 나희에게 차마 보여주지 못한 심장이 이경의 손바닥 위에 놓여 있었다. 심장은 과학실 구석에 처박힌 인체 모형 속에 달려 있는 것과 크기와 모양이 유사했지만, 디테일에 큰 차이가 있었다.

이경의 심장은 검붉은색이었다. 심장에는 눈이 달렸고 손가락도 달렸다. 뾰족한 가시도 솟았고 꾸물대는 촉수도 튀어나왔다. 세상의 모든 사악한 것들을 한데 모으면 이런 형상일까. 이경은 이런 것이 자신의 몸속에 들어 있다는 게 믿어지지 않았다.

아무리 너라도 별 수 없을 거야, 이렇게 끔찍한 것을 본다면 곧바로 도망가겠지. 이경은 심장을 원래의 자리에 쑤셔 박을 때마다 그런 생각을 해왔다.

"송나희, 뭐 해?"

이경은 장식장 앞을 떠날 줄을 모르는 나희를 큰 소리로 불렀다. 나희와 그 옆의 아이가 한꺼번에 뒤를 돌아보았다.

"나 이거 정리 좀 하려고."

나희가 웃으며 답했지만 이경은 듣지 않았다. 대신 곁으로 다가가 나희의 옆자리를 차지한 이름 모를 누군가를 빤히 바라보았다. 날카로운 눈꼬리를 최대한 사납게 치켜올리며, 효과가 있을 때까지 묵묵히. 그럼에도 눈치가 없어 못 알아듣는다면 할 수 없었다. 이경은 최대한 상냥하게 물었다. 좀 비켜줄래?

아이가 멋쩍은 미소를 지으며 떠나고 다시 비어버린 나희의 옆자리를 당당히 꿰찬 이경은 일부러 천진하게 말을 붙였다.

“이거 뭐야?”

“가스 토치.”

“어떻게 쓰는 건데? 보여줘.”

“여기 홈에 부탄가스 끼우고, 밸브 돌려서 열면 돼. 점화 버튼 누르면 불 나와.”

“설명 말고 보여달라니까.”

“위험해서 안 돼.”

나희는 이경의 시선을 무시하며 수많은 가스 토치를 척척 정리했다. 이경은 나희를 따라 적당히 손을 움직이는 척했다. 나희가 이경의 손에 들린 가스 토치를 빼앗아갔다. 이경은 생각보다 정리정돈에 야무지지 못했는데, 태생적으로 재능이 없는 것인지 나희가 매번 이경을 도와주는 바람에 이렇게 된 것인지 진실을 알 수 없었다. 나희가 갑자기 한숨을 쉬었다.

"왜 못되게 굴어?"

"내가 뭘."

"방금 소희한테 못되게 굴었잖아."

"아, 걔 이름이 소희야?"

못되게 굴다니. 나희는 표현을 골라도 꼭 자기 같은 걸로만 골랐다. 이경은 웃음이 비죽 새어 나오려는 걸 간신히 참았다.

"자꾸 그러니까 애들이 너 무서워해."

"네가 안 무서워하면 됐잖아."

"나 말고 다른 애들이 그렇다는 거잖아."

"내가 왜 다른 애들 눈치를 봐야 해? 너는 왜 그런 걸 신경 쓰고?"

나희는 장식장에 자물쇠를 걸어 잠갔다. 자물쇠의 비밀번호는 131이었다.

이경은 대답을 기다리지 않고 나희보다 먼저 자리에서 일어났다. 나희는 자물쇠가 제대로 잠겨 있는지 확인하고 있었는데, 그 몸짓이 평소보다 배로 느렸다. 자리로 돌아가야 하는 순간을 최대한 늦추고 싶은 게 분명했다. 이경은 나희가 이대로 돌아오지 않을까 봐 덜컥 겁이 났다.

똑똑한 송나희, 상냥한 송나희, 친절한 송나희, 모두가 좋아하는 송나희, 어른스럽고 예의 바르며 속이 깊은 송나희, 박이경과 어울리지 않는 송나희. 열여덟 살답지 않다는 칭찬을 종종 들으며, 알게 모르게 교실 한편에서 자신의 자리를 만들어가는 나희와 다르게 이경은 여전히 어렸다. 변덕스럽고 생각이 짧고 충동적이었다. 아이들은 이경을 동경하면서도 피했다. 이경이 눈부신 외모와 어울리는 합당한 성격을 가졌다고 평가하면서도 쉽게 다가오지 않았다.

그러니 지금처럼 나희의 표정이 애매해질 때마다 이경은 심장이 바닥까지 떨어지는 기분을 느낄 수밖에 없었다. 손가락과 눈알이 달려 있고 가시와 촉수로 뒤덮인 검붉은 심장이 원래 있어야 할 곳에서 바닥으로 툭, 예고도 없이 쏟아지며 망가지는 그 감각.

호흡을 고르기도 전에 다가온 나희가 이경의 수행평가지를 아무렇지 않게 걷어 갔다. 멀어지는 나희를 이경이 서둘러 붙잡았다. 어디 가? 나희가 태연하게 돌아보았다.

"교무실에 수행평가지 갖다놓고 올게."

"같이 갈까?"

"아니, 괜찮아. 먼저 교실 가 있어."

나희는 상냥하게 거절했다. 어느새 저만치 멀어진 나희의 곁으로 누군가가 다가왔다. 아까 이경의 부탁 아닌 부탁에 마지못해 자리를 떴던 아이였다. 이름이…… 뭐였더라. 이경은 도저히 떠올릴 수 없었다.

교실로 돌아가는 내내 약하게 현기증이 났다. 최근 SNS를 통해 알게 된 물 단식을 해볼 생각이었으나 참지 못하고 아침에 견과류 한 봉지를 먹었다. 위장 속에서 아몬드와 호두가 부딪히는 소리가 들리는 것 같았다. 그러므로 이 정도로 현기증이 나서는 안 되었다.

먹으면 살이 찌니 토해야 하고, 먹으면 살이 찌니 줄여야 한다. 티브이 속 연예인들은 깡마른 팔다리로도 아무렇지 않게 춤을 추었고, 잘 먹는 편이라며 보란 듯이 음식을 즐겼다. 사람들은 많이 먹으면서도 마른 체형을 유지하는 그들을 향해 환호했다. 이경 역시 그들처럼 되고 싶었다. 마른 팔다리로 휘청이면 모두가 이경을 예뻐해주니까. 친구들도, 선생님들도 그리고 엄마도.

나희는 그런 이경을 이해하지 못할 것이다. 이경의 모든 걸 이해한다는 자비로운 얼굴로 이경의 역겨운 속내를 끌어안지만, 결국은 코를 틀어막고 구역질을 해댈 것이다.

너는 내가 죽기 직전까지 말라야 그제야 좀 사람처럼 보

인다고 칭찬하는 엄마를 가진 것을 죽어도 이해하지 못했지. 이해한다는 표정을 했지만 끝내 고개를 갸웃거렸지.

목소리인지 이경인지 구별되지 않는 음성이 저주를 퍼붓듯 이를 악 물고 읊었다. 너는 아무것도 먹지 않아 입에서 고약한 냄새가 나는 나를, 빠진 머리카락을 감추는 나를 영원히 이해하지 못할 거야. 그렇게 멀어지겠지. 원래 있었던 자리로 돌아가겠지, 나 같은 건 까맣게 잊어버리고. 나를 이해하느라 힘들었던 시절을 영웅담처럼 늘어놓으면서.

교실에 도착한 이경은 쓰레기통 앞에서 필통을 열었다. 이경의 이니셜이 새겨진 만년필이 이경의 속도 모르고 광채를 뽐냈다. 아이들의 웃음소리를 배경 삼아, 이경은 그 앞에서 한참을 고민했다.

이경은 결국 만년필을 버리지 못했으나, 그렇다고 다시 필통 속에 고이 보관하지도 못했다. 이경은 만년필을 상자에 넣은 채로 사물함에 쑤셔넣고 문을 잠갔다. 사물함 문 너머에 무시무시한 괴물이 살기라도 하는 것처럼, 잠긴 문 너머를 오래도록 혐오스러워했다.

그때만 해도 이경은 알지 못했다. 원망과 열등감이 덕지덕지 달라붙은 그 만년필이, 끝내 이경에게 버림받은 그 만년필이 돌아와 자신의 목을 깊숙이 찌르게 되리라고는. 그

때의 이경으로서는 조금도 상상할 수 없었다.

*

4층에서 박이경 양을 괴롭히게 될 적은 '노래하는 음악 선생님'입니다! 그는 오랜 시간 봉암여고를 지킨 터줏대감으로, 웬만한 일이 아니면 쉽사리 나서지 않는데요! 오늘 박이경 양의 멋진 활약을 보고 놀랍게도 직접 행차하기로 결정했답니다. 박이경 양이 마음에 든 것 같아요!

음악 선생님은 음악 선생님다운 특징을 가지고 있죠. 선생님은 틈만 나면 노래를 흥얼거려요! 선생님이 만든 노래인지 원래부터 있었던 노래인지는 잘 모르겠지만요. 중요한 건 선생님의 노래를 방해하지 않는다면, 선생님은 절대 화를 내지 않는다는 거예요!

그러니 봉봉이가 충고 하나 할게요! 선생님의 아름다운 노랫소리가 들릴 때는, 절대 움직이지 마세요. 그 어떤 소리라도 선생님의 노래를 망치는 불협화음이 될 수 있으니까요! 선생님은 불협화음으로 끼어든 학생에게 그에 맞는 벌을 줄 겁니다!

아참, 4층의 방화셔터는 박이경 양이 직접 열어야 하는데요. 방화셔터를 조작할 수 있는 열쇠는…… 4층 어딘가에 있을 거예요! 히히, 장난이고요. 도서관이었던가, 아마?

그럼 힌트는 여기까지! 이런, 박이경 양을 편애한다고 송나희 양이 서운해할지도 모르겠어요!

0교시 살의 영역 두 번째 미션! 음악 선생님의 노래를 방해하지 말고, 방화셔터를 열어 3층으로 내려가라! 나가고 싶으면 죽여라! 죽기 싫으면 죽여라! 박이경 양이 송나희 양을 죽이는 그 순간까지, 파이팅! 저 봉봉이가 응원해요!

"흠, 흠, 흠, 흠………."

음악 선생님은 노래를 흥얼거리며 복도 한가운데에서 빙그르르, 몸을 돌렸다. 이런 상황이 아니었더라면 감탄이 나올 정도로 아름다운 몸짓이었다. 그는 깃털처럼 가볍게 발끝으로 몸을 지탱했다. 하늘하늘한 베이지색 원피스가 허공에서 나풀거렸다. 흠, 흠, 흠, 흠. 흥얼거림은 쉽게 끝나지 않았다. 두 팔을 우아하게 벌리고 뻗으며, 음악 선생님은 죽음의 춤을 추었다.

선생님이 인간의 것으로 보이는 얼굴 가죽을 뒤집어쓰고 있지만 않았다면, 이경은 4층 따위야 별게 아니라고 생각했을 것이다. 밟으면 삑삑거리는 소리가 나는 공이 복도를 뒤덮고 있긴 했지만, 공을 피해 걷는 게 그다지 어렵지는 않았으니까.

얼굴 가죽은 선생님과 오랜 세월을 함께한 듯했다. 누렇고 낡은 살갗 위로 군데군데 검은 얼룩 같은 것들이 피어올랐다. 음악 선생님은 춤을 추면서 가죽이 떨어지지 않도록 수시로 끌어 올렸는데, 축 늘어진 살덩이는 그럴 때마다 간신히 제자리를 찾았지만 얼마 가지 못하고 아래로 계속해서 미끄러졌다. 완벽한 춤을 추는 데 얼굴 가죽이 방해가 되는 모양인지, 선생님은 간혹 성질을 이기지 못하고 발을 동동 굴렀다.

빙그르르 돌며 흥얼대던 음악 선생님의 노래가 별안간 멈추었다. 동시에 음악 선생님은 모든 몸짓을 그만두고 제자리에서 굳은 듯이 움직이지 않았다. 태엽이 모두 돌아가버린 오르골 인형 같았다. 조금만 충격을 가하면 깨질 것처럼 연약하고 위태로운, 그렇지만 기묘하게 아름다운 오르골 인형.

이경은 조심스레 음악 선생님의 앞을 지나쳤다. 노래를 하지 않는 동안에는 무엇을 저질러도 괜찮은 것 같았다. 음악 선생님의 눈이 무엇을 보고 있는지 살피려 했지만, 쭈글쭈글하게 늘어난 눈두덩이 부근을 차마 확인할 엄두가 나지 않았다. 얼굴 가죽 너머의 진실을 확인하는 순간, 모든 전의를 상실하게 될까 두려웠다.

봉봉이의 충고대로라면 노래가 멈춰진 틈을 타서 재빠르게 움직이는 게 중요하겠지. 이경은 여전한 양말 바람으로 복도를 거침없이 달렸다. 배에서 눈치 없이 꼬르륵 소리가 울렸다.

달려, 그 아이가 먼저 너를 죽이기 전에 달려. 어느 순간부터 목소리는 제 존재를 감출 생각도 하지 않고 틈만 나면 튀어나와 이경과 함께했다. 목소리는 이경의 음성을 닮았고 또 어떤 때는 나희의 음성을 닮았다. 듣기가 좋았고 편안했으며 이경이 용기를 내도록 북돋았다. 목소리의 명령이라면 무의식적으로 따르게 되었다.

이경은 나희를 죽이기 위해 달렸다. 목소리는 음악 선생님의 노래를 따라 흥얼거리며 힘을 실어주었다. **흠, 흠, 흠, 근데 노래가 뭐 이래?**

봉봉이의 충고를 따라 복도 끝 도서관 입구에 도달한 순간, 음악 선생님의 노래가 다시 시작되었다. 똑같은 곡조였지만 미묘하게 박자가 달랐다. **흠, 흐음, 흠, 흠**……. 그리고 영원한 반복.

이경은 숨소리마저 삼키며 음악 선생님의 무대가 끝나기만을 기다렸다. 조용히 도서관 문을 여는 것이 아예 불가능한 상황은 아니었지만, 혹시 모를 불협화음을 만들고 싶지는 않았다. 신중해야 했다. 신중하지 않으면 3층에 도착할 수 없었다.

빙그르르, 고독한 한 마리의 백조 같은 회전을 마무리함과 동시에 노랫소리가 뚝 끊겼다. 음악 선생님은 줄이 끊어진 마리오네트처럼 순식간에 세상과의 연결을 차단하고 제자리에 굳었다. 이경은 도서관 문을 조심스럽게 열었다. 마지막으로 복도 한가운데에 석상처럼 자리 잡은 음악 선생님을 보며, 지금의 음악 선생님과는 달라도 너무 다르다는 멍청한 생각을 했다. 음악 선생님은 일단 저렇게 촌스러운 원피스 같은 건 입지 않는다. 춤도 마찬가지였다.

달빛이 은은하게 내려앉은 도서관은 설명하기 힘든 아름다움을 품고 있었다. 몇 달 혹은 몇 년 동안 사람의 손을 타지 않은 책들 위로 먼지가 수북하게 쌓여 있었고 원형 테이블 위에는 앙증맞은 화분이 자리 잡고 있었다. 벽에는 각종 행사 포스터가 가득했으나 이경은 모두 처음 보는 것들이었다. 솔직히 말해, 이경은 도서관에 큰 관심이 없었다. 기껏해야 나희를 따라 한두 번 왔던 게 전부였다. 그마저도 2학년이 되면서 더 이상 이루어지지 않았다. 이경이 도서관에 관심이 없다는 걸 알게 된 나희는 이경을 기다리지 않고 혼자 도서관에 드나들었다.

그러고 보니 작년 겨울방학이었지, 나희가 네가 꼭 읽었으면 좋겠다며 도서관에서 책을 한 권 빌려다 준 게. 물론 이경은 책을 읽지 않았다. 적당히 들고 있다가 도서관에 반납해버렸다. 조마조마했지만 다행히도 나희가 책을 읽었냐고 추궁하는 일은 없었다.

그런데 여기서 대체 어떻게 열쇠를 찾지? 어떻게 생겼는지도 모르는 물건을? 이경은 망연자실했다. 착각인지 몰라도, 이경의 눈앞에 펼쳐진 도서관은 현실보다 더 거대했고 책장에는 수십, 수백 개의 선반이 존재했다. 가까운 책장으로 다가가 잡히는 대로 한 권 꺼내 들었다. 책은 무늬가 없는 검정 표지였고 제목도 없었다. 시험 삼아 책을 펼쳤다. 안에는 아무것도 적혀 있지 않았다. 온통 백지였다.

"이게 무슨……."

아무리 책과 거리를 두는 이경이지만 이런 책이 세상에 존재하지 않는다는 것 정도는 알았다. 이경은 첫 번째 책을 바닥에 던져버리고 두 번째 책을 펼쳤다. 마찬가지였다. 검은색 표지에 제목과 내용이 없는 책. 이경은 책장 한 칸을 모조리 뒤엎었지만, 단서가 될 만한 것은 찾아볼 수 없었다. 책장 하나를 망가뜨린 후에야, 이경은 똑바로 세워진 책들에 일정한 규칙이 있다는 걸 깨달았다. 책들은 일곱 권이 한 묶음처럼 붙은 채로, 다음 묶음과 일정한 간격을 두고 세워져 있었다. 모두 동일하게 검은 책등을 가진 와중에 유일한 차이가 있다면 높이였다. 제각기 다른 높이를 가진 일곱 권의 검은 책이 모여 하나의 무리를 이뤘다.

물론, 봉봉이가 책이 단서라는 말은 한 적이 없지만. 그래도 도서관이라면 자고로 책이 그 주인이지 않겠는가?

손에 묻은 먼지를 털어내던 이경의 눈에, 맨 위 칸에 놓인 한 묶음의 책들이 운명처럼 다가와 박혔다. 평균보다 키가 큰 편인 이경이었는데도 까치발을 들고 손을 뻗어야 할 정도의 높이였다. 송나희라면 무조건 나한테 해달라고 했겠네. 걔는 어떻게 애매하면서 동시에 뻔뻔한 미소를 지을 수 있는 거지? 습관처럼 나희를 생각하며 까치발을 들었다. 손가락 끝에 책이 닿았다.

그리고 또다시 노래가 시작되었다.

"흠, 흐음, 흠, 흐으음……."

음악 선생님의 이번 노래는 역시나 기묘한 박자를 갖추고 있었다. 따라 하려야 따라 할 수도 없는, 정박도 엇박도 아닌 기괴한 허밍이었다. 간신히 책을 붙잡은 순간 몸이 균형을 잃고 휘청거렸다. 이경은 저도 모르게 책장에 몸을 붙이고 매달렸다. 손바닥에서 책이 미끄러지며 아래로 기울었다.

"흠, 흐음, 흠, 흐으음……."

제발, 노래가 끝나기 전까지만 버텨줘.

이경의 간절한 바람이 무색하게도, 책은 보란 듯이 아래로 떨어졌다. 쿵 소리가 나며 먼지가 풀썩였고, 잠시 침묵이 흘렀다.

"흠, 흠, 흠, 흠, 흠!"

노래가 갑작스럽게 바뀌었다.

음악 선생님의 허밍은 점점 더 빨라지고 가까워졌다. 볼륨을 갑자기 키우기라도 한 것처럼 가깝게 들리는 노래에 이경은 온몸에 소름이 바짝 돋아났다. **쾅, 쾅, 쾅.** 허밍처럼 박자에 맞춰 도서관 문을 두드리는 소리가 났다. 음악 선생님은 예의를 지킬 줄 아는 사람이었다. 그는 문을 부수지 않고 부드럽게 문을 밀어 안으로 들어왔다. 빙그르르, 원피스 자락이 달빛을 받으며 흩날렸다.

그러고 보니 봉봉이는 화가 난 음악 선생님이 어떤 벌을 내리는지 알려주지 않았다. 사실 알고 싶지도 않은 게 맞았지만.

달빛이 쏟아지는 도서관 중앙에서 음악 선생님은 부드러운 춤을 췄다. 회전은 화가 나지 않았을 때보다 훨씬 빠르고 리드미컬했다. 끊임없이 춤을 추며 그는 테이블을 넘어뜨렸고, 책장에 몸을 부딪치며 무수히 많은 책을 떨어뜨렸다. 불협화음으로 노래를 망친 학생을 찾는 그의 손에는, 벗어던진 얼굴 가죽이 들려 있었다. 이경은 얼굴 가죽에 가려져 있었던 음악 선생님의 진짜 얼굴을 보았다. 검붉다고밖에 표현할 수 없는, 기괴하게 일그러진 그 얼굴을.

음악 선생님의 손톱은 옅은 분홍색이었다. 매끈하게 다듬어진 손톱 사이에 덕지덕지 끼어 있는 무언가를 본 순간, 이경은 음악 선생님의 벌이 대략 어떤 방식일지 짐작할 수 있었다. 음악 선생님의 애착 얼굴 가죽은, 어쩌면 누군가의 얼굴에서 직접 떼어낸 걸지도 모른다……. 그런 무시무시한 생각이 머릿속을 맴돌았다. 서두르지 않고 천천히 주저앉은 채로 이경은, 잔잔히 호흡하며 음악 선생님이 자신의 곁을 지나가기를 가만히 기다렸다.

음악 선생님은 책장 사이사이 좁은 복도에도 굴하지 않고 그 안을 비집고 들어왔다. 안 그래도 좁아죽겠는 곳에서 춤을 추기까지 했다. 책이 또 우수수 떨어지고 먼지가 코를 간지럽혔다.

"흠, 흠, 흠, 흠, 흠!"

마침내 이경의 근처까지 다가온 음악 선생님은 책장 너

머에서 불협화음의 근원지를 찾는 것처럼 공중을 향해 손을 허우적거렸다. 건너편에 쪼그려 앉은 이경은 눈을 질끈 감았다. 음악 선생님의 진짜 얼굴, 붉은 살덩이 맨 아래에 박힌 단 하나의 눈을 떠올리지 않으려고 애썼다.

음악 선생님이 좁은 복도를 지나가며 부딪힌 책들이 이경의 위로 떨어졌다. 두꺼운 책이 없는 게 천만다행이었다. 책의 모서리가 뒤통수를 찍을 때는 절로 악 소리가 나올 뻔했지만 간신히 참았다. 꽉 깨문 입술을 핥으니 피비린내가 느껴졌다.

"흠, 흐음, 흠, 흐으음……."

이경을 찾지 못한 음악 선생님의 노랫소리가 원래의 리듬과 속도를 되찾았다. 이경은 속으로 안도했다. 한 마리의 나비처럼 너울대던 그는 열린 문 밖으로 나갔고, 복도로 향했다. 그리고 얼마 지나지 않아 노래가 끊겼다.

이경은 참고 참았던 깊은 숨을 토해냈다. 날카로운 모서리에 찍힌 뒤통수를 문지르며 자리에서 일어났다. 이경의 몸을 덮고 있던 책들이 와르르 바닥으로 떨어지며 제멋대로 입을 벌렸다. 간신히 몸을 움직여 또 다른 책장 사이에 도착했다. 마찬가지로 일곱 권씩 묶인, 제각기 다른 높이를 가진 검은 책들이 보였다. 분명하지 않은 위화감이 이경의 손바닥을 슬슬 간지럽혔다.

눈꺼풀 안쪽에 새겨진 붉은 얼굴을 기억에서 지우려고 노력하며, 이경은 문득 떠오르는 음악 선생님의 노래를 따라 불러보았다. 흠, 흐음, 흠, 흐음……. 박자는 달라도 매번 똑같이 유지되었던 음계. 천천히 조심스레, 하나의 음이라도 놓칠세라 집요하게 복기했다. 일곱 권이 하나로 묶인 책들 그리고 똑같이 반복되는 멜로디, 제각기의 높이를 가진 검은색의 책들……. 기묘한 위화감이 서서히 분명해졌다.

높이가 다른 책들이 '도'부터 '시'까지 각각 하나의 음계를 의미한다면? 이 넓은 도서관 어딘가에, 음악 선생님의 멜로디를 표현하는 책 묶음이 존재한다면? 고요한 가운데에 음악 선생님의 노래만 메아리치는 4층에서, 유일하게 얻을 수 있는 힌트라고는 그뿐이었다. 이경은 음악 선생님의 노래가 시작되기 전에 재빠르게 움직였다.

음악 선생님의 노래는 정확히 '미도레라파솔시'였다. 이경은 알았다. 이경은 음악을 사랑하고 음악에 예민했으므로 짧게 지나가는 멜로디의 음계를 정확히 구분할 줄 알았다. 높이가 제일 낮은 책을 '도', 제일 높은 책을 '시'로 가정했다. '미'에 해당하는 높이를 가진 책으로 시작하는 묶음을 찾아, 책장 사이를 빠르게 훑었다. 미도레라파솔시, 미

도레라파솔시, 미도레라파솔시…….

음악 선생님의 노래가 들리면 제자리에 멈추고, 노래가 끝나면 또다시 움직이기를 몇 번 반복한 끝에, 이경은 멜로디에 들어맞는 묶음을 찾아냈다. 보고 또 보아도 일곱 권의 높이는 정확히 '미도레라파솔시'가 맞았다. 이경은 천천히 일곱 권의 책을 들여다보았다. 겉으로 보기에 다른 것들과 특별히 다른 점은 없었다. 일곱 권을 한권씩 꺼내어 펼치고, 샅샅이 훑었다. '시'를 의미하는 마지막 책의 첫 페이지에서 마침내, 작은 카드 하나가 팔랑이며 떨어졌다. 이경은 서둘러 카드를 주워 들었다가, 음악 선생님의 노래가 시작되기라도 한 것처럼 굳었다. 카드를 빽빽하게 채운 글씨의 주인공은 틀림없이 나희였다.

이경은 카드를 맨 앞장에 다시 끼운 채로 구석구석을 뒤졌다. 책을 절반쯤 넘겼을 무렵, 이경은 백지 뭉치 속에 열쇠 모양으로 뚫린 구멍을, 그 안에 딱 맞게 들어 있는 열쇠를 발견했다. 열쇠를 꺼내는 건 어렵지 않았으므로 이경은 무사히 열쇠를 꺼내 주머니에 넣었다.

이제는 카드를 살펴볼 준비가 되었다. 이상하게 입이 바짝 마르고 목이 탔다. **뭘 기대하는 거야? 아니, 뭘 두려워하는 거지?** 목소리의 말대로, 이경은 무언가를 기대하는 동시에 몹시 두려워했다. 이미지와 어울리지 않게 알아보기 힘든 악필의 주인공이 대체 누구에게 카드를 남겼을지, 희미한 기대를 품는 동시에…… 그 상대가 자신이 아니길 바랐다.

사랑하는 내 친구 박이경에게.

애석하게도 카드는 그렇게 시작했다. 이경은 주저앉아 카드를 단숨에 읽어 내려갔다.

*

되돌릴 수 있다. 아직 늦지 않았다. 이경은 도서관 문 앞에서 갈피를 잡지 못하고 서성거렸다.

도서관을 찾아온 학생들이 이경을 이상한 눈으로 훑어보고 안으로 사라졌다. 그 안에 나희가 있을 것이다. 이경은 확신했다. 요즘 나희는 도서부 멤버들과 가까워져, 점심시간이면 그들과 함께 도서관에서 시간을 보내는 경우가 부쩍 늘었다.

잘못했다고 하자, 내가 잠시 미쳤었다고 하는 거야.

상상을 하면 할수록 속이 뒤집혔다. 아침에 목구멍으로 욱여넣은 요거트가 금방이라도 입 밖으로 튀어나올 것처럼 넘실거렸다.

진심으로 미안하다고 하면 나희는 받아줄 것이다. 나희는 그런 아이니까. 상냥하고 친절하니까. 어려움에 처한 사람을 버려두지 못하고 돕는, 겁이 많으면서도 한편으로 정의롭고 용감한 아이니까. 이경과는 다르게…… 좋은 사람이니까.

어쩜 이렇게 치졸하고 비겁할 수가 있지, 어떻게 매번 나를 사랑하는 사람들을 실망시킬 수 있지, 그것도 가장 최악의 방법으로. 이경은 얼굴도 잘 기억나지 않는 수많은 친구들을 그리고 엄마를 떠올렸다. 지금까지 이경이 실망시킨 수많은 얼굴들. 누군가는 이경이 자기가 기대한 사람이 아니어서, 겉보기와는 다르게 역겹고 구질구질해서 실망했다. 누군가는 이경이 생각보다 멋지지 않아서 실망했고, 또 누군가는 이경이 화장보다 필기에 더 집중해서 실망했다. 누군가는 이경이 피아노를 좋아해서 실망했고, 엄마는 이경이 살을 빼지 않아서 실망했다.

그렇지만 그 아이는 끝까지 너에게 실망하지 않았는데 말이야. 네가 다 망친 거야.

이경은 도서관 안으로 들어섰다.

삼삼오오 무리 지어 조용히 잡담을 나누던 아이들의 시

선이 모조리 이경에게 꽂혔다. 입구에 우두커니 서 있는 이경이 이상하게 보인 모양이었다. 이경은 초조하게 도서관 안을 살피며 나희를 찾았다. 원형 테이블 위에, 나희가 도서부 멤버들과 함께 옹기종기 모여 있었다. 나희는 웃고 있었다. 그 미소는 나희와 이경이 처음 만났던 그때처럼 애매하고 어색하지 않았다. 나희는 이제 저 아이와 친해지고 싶다는 생각이 절로 들 정도로 환하고 자연스럽게 웃었다.

이경은 나희의 앞에 섰다. 몸을 지탱하는 두 다리가 힘없이 떨렸다. 나희가 조용히 이경을 올려다보았다. 침착하게 가라앉은 두 눈에는 그 무엇도 담겨 있지 않았다. 미안하다고 하자. 이경은 스스로에게 속삭였다. 미안하다고 하는 거야. 그러면 받아줄 거야. 나희는 상냥하고 친절하잖아. 나희는 유일하게 나를 이해하는 사람이었잖아.

야속하게도 이경은 아무런 말도 하지 못했다. 오랜 침묵으로 나희와 대치하는 동안, 나희의 곁을 지키던 아이들이 어이없다는 듯 킥킥거렸다. 그 웃음이 바늘이 되어 관자놀이를 쿡쿡 찔러댔다.

"나희야, 이제 가자."

5교시 종이 울리기 5분 전이었다. 나희는 아이들의 말을 따라 자리에서 일어나더니, 이경에게 눈길도 주지 않고 이경의 곁을 스쳐 지나갔다.

홀로 남은 이경은 비참했다. 비참한 알갱이가 된 이경은 마지막 자존심을 긁어모아 나희를 향해 중얼거렸다.

"송나희."

나희가 뒤를 돌아보았다.

"……네가 이러면 안 되지."

나희는 재미없는 농담을 들은 사람처럼, 그저 평온한 표정이었다. 그 앞에서 이경은 마침내 이기적인 속내를 내보였다.

"너는, 너는 나한테 이러면 안 되잖아……."

이경은 끔찍할 정도로 비참히, 떨리는 목소리로 더듬거렸으나 더 이상 알갱이가 아니게 된 나희는 아무런 반응도 보이지 않고 친구들과 도서관을 나섰다. 나희의 곁을 지키던 아이들이 이경의 말을 과장되게 되풀이하며 깔깔거렸다. 너 왜 저런 애랑 다녔어? 누군가 나희에게 물었다. 그건 이경 또한 들은 적 있는 질문이었다. 너 왜 송나희 같은 애랑 다녀? 그때 이경은 아무 말도 하지 못하고 멋쩍게 웃었다. 나희가 얼마나 멋진 사람인지, 자신이 왜 나희를 좋아하는지 하나도 설명하지 못한 채로. 어쩌면 그때부터 모든 균열이 시작되었을지도 모른다. 나희야, 오늘 학교 끝나고 뭐 먹으러 갈까. 새로운 친구의 살가운 제안에 나희가 맞장구를 쳤다.

나만 있으면 다 괜찮을 거라고 했잖아. 그건 나도 마찬가지였는데.

이경은 다리에 힘이 풀려 아무 자리에나 주저앉았다. 가까이에 놓인 쓰레기통 안으로 운명처럼 시선이 향했다. 그 안에는 나희가 버리고 간 만년필이 들어 있었다. 나희의 이니셜이 새겨진 만년필.

이경은 만년필을 그 자리에 내버려두었다. 울고 또 울었지만 뺨 위로 눈물이 흐르지는 않았다. 송나희는 박이경을 버렸다. 송나희는 박이경의 모든 것이었으므로, 송나희만은 박이경을 버리면 안 되었다. 송나희만은, 송나희만큼은.

송나희가 죽었으면 좋겠다. 최대한 고통스럽게 목숨이 끊어졌으면 좋겠다. 이왕이면 내 두 손으로 송나희를 수십, 수백 갈래로 찢어버리고 싶다. 이경은 손톱자국이 깊게 남을 정도로 세게 주먹을 쥐었다. 송나희가 죽어버렸으면 좋겠어요. 한계까지 괴로워했으면 좋겠어요. 날 버린 죗값을 치렀으면 좋겠어요, 지금 당장. 이경은 그렇게 거듭 기도했다. 더 이상 추락할 수 없을 정도로, 이경은 아래로 또 아래로 가라앉았다.

*

열쇠는 복도 끝 계단에 설치된 셔터함에 딱 들어맞았다. 셔터함은 쉽게 열렸고, 이경은 두 개의 붉은 스위치를 보호하고 있는 투명 덮개를 들어 올렸다.

"흠, 흐음, 흠, 흐으음……."

음악 선생님은 반대쪽 복도 끝에서 핑그르르 돌며 자신만의 무대를 즐겼다. 이경은 음악 선생님의 노래가 끝나기를 잠시 기다렸다. 본 적은 없지만 방화셔터가 올라가는 순간 무시무시할 정도로 큰 소리가 날 거라는 것쯤이야 짐작할 수 있었다.

노래가 끝나기를 기다리는 이경의 손에는, 나희가 도서관 쓰레기통에 버리고 간 만년필이 얌전히 쥐여 있었다.

왜 자신이 만년필을 찾아 쓰레기통을 뒤졌는지, 이경 스스로도 알 수 없었다. 3층이 가까워지고 있다는 사실을 본능적으로 체감한 무의식이 저지른 짓일지도 몰랐다. 사람을 죽이는 데 가장 적절한 방법은 무엇이라 생각하는가. 이경은 그 답으로 만년필로 사람의 목을 찔러야 한다고 적었으니까. 사람을 죽이는 데 적절한 방법은 모두 떠올릴 수 없을 만큼 많았고 기상천외한 것들이 무궁무진했으나, 이상하게도 그 당시 이경의 머릿속에는 만년필만이 떠올랐던 것이다. 다른 흉기들과는 다르게 아무런 해도 입히지 못할 것 같은, 유약하고 침착해 나희를 닮은 만년필이.

음악 선생님의 노래가 끝났다. 이경은 위를 향하고 있는 삼각형 스위치를 꾹 눌렀다. 방화셔터는 예상대로 굉장한 소리를 내며 움직이기 시작했다. 셔터가 올라가는 속도가 매우 느려 성격이 급한 이경은 양말 바람으로 바닥을 툭툭 찼다.

"흠, 흐음…… 흠."

그리고 끊긴 줄 알았던 선생님의 노래가 다시 이어졌다.

"흠, 흠, 흠, 흠, 흠!"

그럴 리 없었으나, 이경은 복도 저편의 음악 선생님과 눈이 마주쳤다고 생각했다. 얼굴 가죽 안에 숨겨진, 보이지 않는 살의를 품은 하나의 눈과.

음악 선생님은 살벌한 속도로 돌고 또 돌았다. 돌면서 복도를 재빠르게 가로질렀다. 이경은 주먹으로 스위치를 내리쳤다. 그렇다고 해서 셔터가 빨리 올라가는 건 아니었지만 지금 할 수 있는 건 그것뿐이었다.

음악 선생님은 빙글거리며 가까워졌고, 즐거움에 어쩔 줄을 모르는 허밍은 점점 더 크게 들렸다. **흠, 흠, 흠, 흠, 흠!**

이경은 이제 음악 선생님의 노래라면 신물이 났다. 악을 지르며 스위치를 두드렸다. 빨리, 더 빨리! 철컹대는 소리를 내며 올라가던 셔터가 마침내 이경이 지나갈 정도의 공간을 만들어주었다.

이경은 그 안으로 몸을 밀어 넣기 직전, 아래 방향을 향하고 있는 스위치를 재빠르게 꾹 눌렀다. 투명 덮개를 제자리에 돌려놓고 셔터함을 닫은 다음, 열쇠를 넣어 돌렸다. 그 모든 게 미리 연습이라도 한 것처럼 엄청난 속도로 이루어졌다.

방화셔터는 느리지만 침착하게 이경의 명령을 수행했다. 셔터는 중간 지점에서 다시 아래로 내려가기 시작했다. 이경은 점점 줄어드는 틈 안으로 몸을 쑤셔넣었고, 곧바로 계단에서 미끄러지며 아래로 굴렀다.

몸 곳곳이 욱신거렸다. 발목을 삐기라도 했는지 무시할 수 없는 통증이 느껴졌지만 지금은 중요하지 않았다. 이경은 절뚝이며 벽을 짚고 일어나, 셔터가 눈앞에서 무사히 닫히는 광경을 확인했다.

빙그르르, 마침내 셔터 앞에 도달한 음악 선생님이 이경을 향해 다가오고 싶다는 듯 내려오는 셔터에 몸을 여러 번 부딪혔다. 셔터는 음악 선생님의 무게를 고스란히 느끼며

철컹거렸으나 다시 올라가는 일은 없었다. **철컹, 철컹, 철컹.** 그리고 다시 일정한 리듬과 속도를 되찾는 허밍. 음악 선생님은 이내 흥미를 잃었는지, 허밍은 점점 멀어져 더 이상 들리지 않게 되었다.

마침내 4층도 끝이 났다.

이경은 열쇠를 구석에 던져버리고서 잠시 계단에 주저앉았다. 아프도록 세게 쥐고 있던 만년필에 새겨진 나희의 이름을 손가락으로 훑었다.

책에 끼워져 있던 카드는 나희가 이경에게 책을 빌려주면서 넣어두었던 것이 틀림없었다. 이경이 책을 읽기는커녕 펼쳐보지도 않은 탓에 영원히 묻혀 있을 뻔했던 카드였다. 어째서 송나희의 카드가 방화셔터를 작동하는 열쇠로 이어졌는가. 궁금했지만 이제는 알고 싶지도 않았다. 0교시 살의 영역 따위는 이제 아무래도 좋았다. 이경은 그냥 모든 걸 끝내고, 어둠에 잠긴 학교를 벗어나고 싶었다.

그러려면 송나희를 죽여야 하지.

목소리가 얄궂게 끼어들었다. 나도 알아, 이경은 무덤덤하게 대답했다.

이경은 이제 3층으로 내려갈 준비가 되었다. 나희를 만나, 자신의 두 손으로 모든 걸 끝내고 싶었다.

사랑하는 내 친구 박이경에게

편지를 쓰는 건 처음이네.

막상 쓰려니까 생각보다 할 말이 많은데, 카드가 너무 작아서 다 쓰지는 못할 것 같아.

책을 좋아하지 않는 너지만 이 책은 꼭 읽었으면 해서 빌렸어.

이 책의 주인공은 말이야, 모두를 사랑하면서 정작 자기 자신은 사랑하지 못하는 사람인데.

그가 어떤 계기를 통해 결국은 스스로를 아끼는 법을 배우게 되거든.

물론 엄청난 변화를 겪는 건 아니야. 이렇게 표현하는 게 맞는지 모르겠지만, 딱 1퍼센트 정도?

그렇지만 1퍼센트의 변화라도 괜찮다는 생각이 들었어.

나는 내년의 박이경이 1퍼센트만큼이라도 조금 더 행복하고 조금 더 자기 자신을 사랑하고,

조금 더 편안해졌으면 좋겠어.

네가 편안해질 때까지 나는 얼마든지 기다릴 수 있어.

만약 도움이 필요하다면, 고민하지 말고 나한테 말해주길 바라.

네가 편안해질 수 있도록 최선을 다해 도울게.

그럼 내년도 잘 부탁해!

너와 2학년도 함께 보내고 싶은 송나희가

3층

그리고……

마침내 도달한 3층은 지옥의 한 페이지 같은 모습을 하고 있었다. 나희는 조심스레 질퍽거리는 붉은 복도 위로 두 발을 내디뎠다.

천장과 바닥이, 양 벽과 창문이 끈적이는 거대한 점액 덩어리로 가득했다. 붉은 점액들은 커다란 덩어리로 뭉쳐 있기도 했고, 얇게 펴 바른 것처럼 펼쳐져 있기도 했다. 거대한 눈과 두꺼운 혈관 같은 것이 점액 속에서 튀어나와 꿈틀거렸다. 사방에서 숨을 들이쉬고 내쉬는 소리가 났다. 간혹 붉은색으로 물든 손가락이 점액 사이를 뚫고 허공을 향해 손을 뻗어, 나희는 그 손가락에 옷자락이 걸리지 않도록 조심해야 했다. 3층을 뒤덮은 붉은 점액은 살아 있는 수백 수천 개의 유기체가 하나로 붙은 덩어리였다. 이름을 붙일 수 없는 그들은 끊임없이 숨을 쉬고 내쉬며 나희를 구경했다. 나희는 어쩐지 그들이 곧 어떤 일이 벌어지기를 고대하고 있다는 기분이 들었다. 그들은 오랜 시간 한자리에서 각기 다른 싸움을 지켜본 구경꾼이었다.

슬리퍼 바닥에 자꾸만 점액이 들러붙었다. 걸음을 옮길 때마다 벗겨질 듯 말 듯 달랑거리는 슬리퍼가 거슬렸다. 나희는 슬리퍼를 저 멀리 던져버리고, 양말도 벗어 주머니에 넣었다. 나희가 올라온 계단은 구름다리로 통하는 문의 정반대편에 있었으므로, 구름다리로 가려면 긴 복도를 꼼짝없이 걸어야 했다. 크고 작은 눈들이 벽을 점령한 채 호시탐탐 나희를 노렸으나, 어쩐지 나희는 그것들이 자신을 지켜주는 것처럼 든든했다. 말도 안 되는 어둠과 말도 안 되는 적들에게 하도 시달린 탓에 판단력을 잃어버린 것일 수도 있다. 그렇지만 이제 조금만 더 하면 된다. 그러면 끝이 난다.

맨발로 점액 위를 걷는 감각은 생각보다 나쁘지 않았다. 점액은 진흙을 밟는 것처럼 부드럽고 매끈거렸다. 싸늘하고 차가운 기운까지 진흙과 비슷했다. 벽과 창문을 덮어버린 점액 때문에 3층 교실은 들어갈 수 없는 상태였으므로, 덕분에 나희는 한눈팔지 않고 복도의 중간 지점까지 도달했다. 사방이 막혀 있었지만 신기하게도 어디선가 희미한 빛이 새어 들어와 나희가 발을 헛디디지 않도록 도와주었다. 구름다리로 통하는 거대한 중문을 향해 용감하게 나아가던 나희는 붉은 점액 위에 작은 언덕을 이루고 있는 무언가를 발견했다.

형형색색으로 이루어진, 직사각형의 작은 플라스틱 덩어리들.

"아…… 명찰이다."

나희는 쭈그리고 앉아 무덤처럼 쌓인 명찰들 속으로 손을 집어넣었다.

봉암여자고등학교는 학년별로 명찰 색이 다르다. 명찰의 무덤에서는 1학년의 명찰도 보였고, 2학년의 것도 보였으며 3학년의 것도 섞여 있었다. 어느 한쪽이 많다고 말하기 힘들 정도로 공평하게 섞여 있는 듯했다. 한참 동안 명찰 무덤을 떠나지 못하고 그 안을 뒤적거렸지만 아는 이름은 보이지 않았다. 이게 도대체 무슨 의미일까 고민하던 나희의 눈에 뒤늦게 익숙한 이름 하나가 박혔다.

작년에 교통사고로 죽은 3학년 선배의 이름이었다. 운동장 스탠드에서 이경이 다리를 흔들며 이야기를 꺼냈던, 6월 모의고사의 저주.

그러니까 결국, 이 수많은 이름표가 0교시 살의 영역을 겪고 죽은 학생들이라는 것일까? 매년 6월 모의고사가 끝난 자정부터 동이 트기 전까지 열리는 0교시 살의 영역. 살의 영역의 합격자가 되지 못한 사람은 현실에서도 죽는다. 0교시 살의 영역은, 그렇게 6월 모의고사의 저주가 되어 봉암여고의 전설로 남았다.

지금까지 얼마나 많은 학생들이 0교시 살의 영역을 치른 것일까? 얼마나 많은 학생이 서로를 죽이기 위해 달리고, 싸우고, 마침내 상대의 목숨을 끊는 데 성공한 걸까? 현실로 돌아가는 데 성공한 합격자는 자신의 손으로 죽인 친구가 교통사고로, 이유를 알 수 없는 자살로, 사고로 현실에서도 사라지는 광경을 목도하며 무슨 생각을 했을까?

어쩌면 사람을 죽였다는 생각에 괴로웠을 것이다. 어쩌면 친구가 사라졌다는 고통에 머리부터 발끝까지 산산조각이 났겠지. 또 어쩌면 그토록 죽이고 싶었던 이를 자신의 손으로 끝장내게 되어 기뻤을 것이다. 그리고 곧 송나희도 그렇게 될 터였다.

나희는 명찰의 무덤을 제자리에 다시 정리해두었다. 지금까지 죽어나간 수많은 선배를 위해 짧게 묵념했다. 이제 와서 두려움에 도망칠 순 없었다. 명찰 무덤 위에 추가되어야 하는 신입은, 나희가 아니라 이경이었으니까.

마침내 나희는 구름다리로 향하는 중문 앞에 도착하는 데 성공했다.

여기까지 오는 동안 아무런 일도 일어나지 않았다. 복도 끝이나 중앙 계단에서 이경이 나타나는 일도 그래서 나희에게 달려드는 일도 없었다. 복도는 점액 덩어리들이 가끔 내뱉는 숨소리를 제외하면, 나희 외에 다른 사람이 있다고는 생각할 수 없을 정도로 고요했다.

어쩌면 이경은 5층과 4층을 돌파하던 와중에 자신을 쫓는 '적'에게 이미 죽음을 당한 게 아닐까? 나희는 봉봉이의 설명을 떠올리기 위해 기억을 더듬었다. 문을 열 수 있는 사람은 두 명의 응시자 중 상대를 죽이는 데 성공한 사람뿐이다. 그렇지만 자신이 3층에 도달하지 못하고 죽을 경우, 살아 있는 박이경을 합격자로 만들 수밖에 없다고 했다. 아마 반대의 경우도 마찬가지일 것이다.

희미한 가능성으로 심장이 뛰는 동시에, 애써 무시해왔던 고통스러운 질문이 나희의 귓가에 밀려들었다.

박이경이 죽었다면 어떡하려고?

"어떡하긴, 나 혼자 학교를 나가는 거지."

박이경이 정말 죽었다 해도 상관없어?

"상관없어. 상관 안 해."

진심이야?

"진심이야, 박이경은……."

나희는 문장을 끝맺지 못하고 머뭇거렸다. 어떤 말을 해야 하지? 박이경은 죽어도 싸? 박이경은 그럴 만했어? 박이경은, 박이경은…….

중문을 바라보고 있는 나희의 뒤에서, 찔꺽거리던 점액 덩어리들이 동시에 숨을 크게 들이쉬는 소리가 났다. 무언가를 보고 놀라는 듯한 혹은 감탄하는 듯한, 어찌 되었든 소름 끼치도록 기분 나쁜 소리.

그들이 놀란 이유를 찾아 등을 돌리기도 전에 강한 충격이 나희의 온몸을 강타했다.

균형을 잃은 나희는 이경과 함께 점액으로 뒤덮인 복도 위를 나뒹굴었다. 체육복과 드러난 팔다리와 얼굴에 온통 점액이 달라붙었다. 점액에서는 명백한 피비린내가 났고, 정체모를 악취도 났으며, 어울리지 않게 달콤한 딸기 향까지 맴돌아 한마디로 최악이었다.

동시에 귀가 찢어지도록 강렬한 효과음이 3층 복도 전체에 울려 퍼졌다. 효과음이 서서히 잦아들자 잔뜩 신이 난 목소리의 봉봉이가 뒤따라 입을 열었다. 스피커는 점액 덩어리에 뒤덮인 모양인지, 봉봉이의 음성은 물속에 잠긴 것처럼 아득하게 들렸다.

아아아, 마이크 테스트. 들리나요? 들려요?

한시가 바쁜 두 사람에게 대답할 틈은 없었다. 엎어진 나희를 짓누르며, 그 위로 올라탄 이경이 나희의 목에 두 손을 올리고 목뼈 사이로 움푹 팬 부분을 꾹 눌렀다. 꺽꺽대는 나희의 목을 조르는 이경은 멈추지 않았다. 멈추지 않고 나희를 죽일 듯이 달려들었다. 나희를 내려다보는 두 눈에서 갈무리하지 못한 분노와 원망이 줄줄 새어 나와 나희의 얼굴 위로 뚝뚝 떨어졌다.

꺄르륵. 스피커 너머에서 봉봉이가 귀여운 웃음을 터뜨렸다. 조금 전보다 더 상기된 목소리로, 봉봉이는 적절한 음정과 리듬의 콧노래를 흥얼거리며 마침내 클라이막스를 선포했다.

끔찍하고 사악한 숙녀 여러분, 그럼 지금부터 0교시 살의 영역의 하이라이트인…… 살인을 시작하겠습니다! 얏호!

거슬릴 정도로 발랄한 봉봉이 따위야, 아무래도 좋았다. 서서히 몸의 힘이 빠져나가는 와중에도 나희는 만년필을 찾아 점액 위를 더듬거렸다. 이경이 달려들면서 주머니에 들어 있던 만년필이 어디론가 떨어진 모양이었다. 고통에 바닥을 긁는 나희의 손톱 사이로 물컹이는 점액이 끼었다. 마침내 손끝에 단단한 무언가가 잡혔다. 뚜껑이 벗겨졌는지, 날카롭고 딱딱한 펜촉이 고스란히 느껴졌다.

나희는 만년필을 집어 들어 이경의 허벅지를 찔렀다.

이경이 벼락같은 비명을 지르며 나가떨어졌다. 나희는 숨을 고르며 이경을 노려보았다. 저 마른 팔다리에서 어떻게 조금 전과 같은 힘이 솟아올랐는지 좀처럼 이해할 수 없었다. 이경의 체육복 바지가 피로 붉게 물들었다. 피는 종아리를 타고 길게 흐르며 붉은 궤적을 남겼다.

몇 분 동안 지속되었는지도 모를 싸움이 계속 이어졌다. 이경은 덤벼들고, 나희는 피하고. 혹은 나희가 덤벼들고 이경이 피하고. 둘은 점액 위를 계속해서 뒹굴었고 만년필로 상대의 팔과 다리를 찍었으며 목을 조르거나 밀치기도 했다. 사람을 죽여본 적 없는 두 고등학생의 살의는 우스울 정도로 비참하고 필사적이었다. 흥미진진하게 싸움을 구경하는 점액들의 숨소리가 들렸다.

다행히 시간은 나희의 편이었다. 한 끼도 제대로 챙겨 먹지 않은 이경이 체력 싸움에서 오래 버틸 리 만무했다. 이경이 휘청대는 틈을 타 나희는 이경을 밀쳤고 그 위에 올라타며 마침내 우위를 선점했다. 이경이 그랬던 것처럼, 메마른 목덜미 위에 두 손을 올리고 금방이라도 짓누르겠노라 경고하듯 사나운 표정을 지었다.

두 사람의 거친 숨소리가 흥미진진하게 싸움을 구경하는 점액들의 호흡에 기가 막히게 섞여 들었다. 점액들은 마침내 찾아올 대망의 그 순간을 기다리는 듯, 숨소리를 죽이고 나희의 다음 스텝을 잠자코 기다렸다. **죽여, 죽여, 죽여!**

이렇게 하면 되는 건가?

나희의 손가락 아래에서, 이경은 줄이 끊어진 인형처럼 힘없이 몸을 맡기고 널브러져 있었다.

이렇게 끝내면 되는 건가, 정말로? 나희는 혼란스러웠다. 누군가 답을 알려주었으면 좋겠다고 생각했다. 국어처럼, 수학처럼, 영어처럼 머리를 싸매고 고민하면 정확한 답이 도출되었으면 좋겠다고. 송나희가 여기서 박이경을 죽여야 할지 아닌지.

마침내 찾아온 죽음 앞에서, 이경은 놀랍도록 편안한 얼굴이었다. 그게 나희의 신경을 거슬리게 했다.

"너 있잖아."

이경이 비로소 말을 꺼냈다. 나희는 어떤 말이 이어질지 조금도 예상할 수 없었다.

"생각했던 것보다 겁이 없다."

생각했던 것보다 떡볶이를 좋아하네, 하고 농담하는 것처럼 평온하고 높낮이가 크지 않은 감탄이었다. 나희의 두 팔에 난 상처에서 피가 주르륵 흘러 이경의 목을 붉게 물들였다.

"네가 너무 무서워할까 봐 걱정했어."

"거짓말."

"진짜야. 근데 나보다 더 빨리 도착할 줄은 몰랐다?"

이경이 킥킥대고 웃었다. 웃음은 곧 잔기침으로 변했다. 힘겹게 콜록거리던 이경이 나희의 두 손 위로 자신의 손을 겹쳤다. 두 사람의 손은 점액인지 피인지 모를 무언가로 붉게 물들어 엉망진창이었다. **죽여, 죽여, 죽여!**

"죽여도 돼."

"……."

"죽이고 그냥 끝내버려."

"거짓말하지 마."

나희는 고개를 저었다. 이경이 이렇게 쉽게 포기할 리가 없었다. 분명 무슨 속임수일 것이다. 이경은 교활하고 비열하니까, 사람을 쉽게 배신하고 버리니까 이 정도의 속임수쯤이야 별것 아니겠지. 나희는 거기에 속아 넘어가지 않을 생각이었다. 이경에게 속는 건 한 번으로 족했다. 나희는 자신이 이렇게 큰 소리로 화를 낼 수 있다는 사실을 처음 알았다.

"거짓말하지 마, 여기까지 와놓고. 왜, 왜 지금 와서 포기해. 거짓말하지 마, 일어나……."

"나 죽어도 싸잖아."

"……."

"그러니까 죽여."

재미없다. 목소리가 그렇게 빈정거렸고 점액들이 탄식했으나 나희는 소리 내지 않으려고 애쓰며 울었다.

나희는 이경을 죽이고 싶었다. 그건 두말할 것도 없는 진심이었다.

그리고 동시에, 나희는 이경이 삶을 포기하지 않았으면 했다. 자신과 치열하고 집요하게, 비겁하게 싸워 승리해주기를 바랐다. 예전처럼 벌떡 일어나 온 힘을 다해 이기적으로 굴어주었으면 했다. 커다란 두 눈을 증오로 형형하게 빛내며 나희에게 달려들기를, 마른 두 팔과 두 다리가 지쳐서

꺾일 때까지 일어나고 또 일어나서 나희의 목을 조를 기회를 노렸으면 하고 기도했다.

그러나 이경은 역시나 나희의 바람과 기도를 모조리 빗나갔다. 나희의 생각대로 움직여주지 않았다. 모든 가능성을 비껴가는 것조차 이경다워서, 나희는 어울리지 않게 자꾸 웃음이 났다.

으음, 숙녀 여러분. 잠시만요, 스톱!

봉봉이의 활기찬 목소리가 침묵에 잠긴 3층 복도를 깨웠다.

심상치 않은 분위기에 두 사람은 보이지 않는 스피커를 향해 귀를 기울였다. 스피커 너머에서 봉봉이는 가라앉은 음성으로 혼잣말을 중얼대며 고민하더니, 낯설 정도로 기나긴 한숨을 내쉬었다.

큼큼. 음, 봉봉이는 원래 3층에서의 일에는 관여하지 않는데 말이죠. 이번 응시자들은 생각보다 실망스러워요! 그래서 보다 못한 봉봉이가 살짝 끼어들기로 했어요. 응시자 여러분을 죽이고 싶어서 안달 난 친구가 마침 있거든요!

탁, 탁, 탁.

계단을 오르는 발소리가 경쾌하게 울리다가, 어느 순간 뚝 끊겼다. 발소리가 들리던 중앙 계단을 주시하던 이경이 무언가를 발견하고 나희를 향해 물었다. 저게 뭐야? 지금까지 경험하지 못했던 두려움과 공포가 뒤섞인 목소리가 떨렸다.

아래로 이어지는 중앙 계단 너머에서, 동그란 머리가 튀어나와 허공에 둥둥 떠 있었다.

나희가 잘 아는 머리였다. 길지도 짧지도 않은 머리카락은 관리가 잘 되지 않아 푸석푸석했으며, 그 아래로 눈이 붙어 있어야 할 자리는 텅 빈 상태였다. 짙은 어둠을 머금은 두 눈 위에서 진물이 줄줄 흘러내리며 붉은 흉터를 적셨다. 끈적한 핏물이 달라붙어 있는 머리카락을 뒤흔들었다. 사방을 살피던 여자의 고개가, 정확히 나희와 이경을 향해 돌아갔다.

두 분 다 봉봉이를 너무 미워하지는 말아주세요. 봉봉이는 말을 잘 듣는 토끼라서, 무슨 일이 있어도 살의 영역 합격자를 만들어야 하거든요! 그럼…… 숙녀 여러분, 모두 클라이맥스를 재미있게 즐겨주세요!

끼에에에에에에엑.

죽어도 두 번 다시는 듣지 않고 싶은 참혹한 비명이 3층 복도를 뒤흔들었다. 목이 긴 여자는 봉봉이의 목소리가 흘러나왔던 스피커를 쫓아 나희와 이경이 있는 쪽으로 달려왔다.

정신을 제대로 차리기도 전에, 목이 긴 여자의 커터 칼이 나희의 팔을 꿰뚫었다.

팔에 불이 붙은 것처럼 뜨거웠다. 오로지 그 감각뿐이었다. 여자의 강한 힘에 밀려 나희는 바닥을 나뒹굴었고, 커터 칼을 최대로 치켜든 여자는 입꼬리를 비틀어 올렸다.

여자의 머리는 소리를 쫓아 복도 어디쯤을 헤매지 않고, 나희의 위치를 정확히 찾아 흉측한 얼굴을 들이밀었다. 텅 빈 두 눈에서, 존재하지 않는 게 분명한 빈자리에서 강렬한 시선이 느껴져 꼼짝도 할 수 없었다. 목이 긴 여자가 다시 커터 칼을 높게 쳐들었다. **끄륵, 끄르르륵.** 여자의 입술 사이로 그런 소리가 샜다.

현실감각을 잃은 나희는 여자의 손길을 피하지 못했다. 팔이 그랬던 것처럼 옆구리가 뜨거워졌다. 여자가 커터 칼을 빼려고 시도했다. 비트는 와중에 커터 칼날이 반으로 동강이 났으나 여자는 태연하게 심이 부러진 커터 칼날을 치켜들었다. 드르륵, 드르륵. 부러진 자리에서 거짓말처럼 심이 다시 자라났다.

나희는 팔과 옆구리가 타는 듯이 뜨거워지는 것을 느꼈다. 전신이 공포로 결박당하기라도 한 것처럼 손가락 하나 까딱할 수 없었다. 살고 싶다. 여자의 날카로운 손톱이 나희의 팔과 다리에 자잘한 상처를 남기는 와중에도, 나희는 간절하게 빌었다. 이렇게 죽고 싶지는 않았다. 죽는 게 두려웠다. 커터 칼날이 다시 자라고 자랄 때마다 절망이 밀려들었다.

여자의 커터 칼이 다시 한번 나희의 복부를 꿰뚫으려는 순간, 이경이 여자에게 달려들어 목을 물어뜯었다.

여자의 살점에 악취가 고여 있을 게 분명한데도 이경은 멈추지 않았다. 여자가 고통에 찬 비명을 지르는 동안 이경은 여자에게 매달려 여자의 목을 잘근잘근 씹었다. 퉤, 검은 살점을 뱉는 이경의 입술과 이가 검붉은색으로 물들어 있었다. 여자가 비명을 지르며 이경을 떨어뜨리기 위해 사방에 몸을 부딪쳤다. 둥둥 떠다니는 목 역시 허공에서 갈팡질팡하며 천장에 머리를 박았다. 이경은 멈추지 않았다. 여자의 목덜미가 순식간에 너덜너덜해졌다.

여자는 이경이 매달린 등을 벽 쪽으로 향하게 한 뒤 그대로 빠르게 뒷걸음질 쳤다. 벽에 부딪힌 이경이 고통스러운 신음을 터뜨리며 여자의 등에서 떨어졌다. 폭신하고 끈적한 점액들이 바닥을 뒤덮은 덕분에 큰 충격을 받지는 않은 것 같았으나, 문제는 그다음이었다.

이경에게 분노한 여자는 커터 칼을 치켜든 채로 이경에게 달려들었다.

차마 설명할 수 없을 정도로 끔찍한 장면이 눈앞에서 펼쳐졌다. 피와 살점이 튀고 이경의 비명이 복도에 메아리쳤다. 여자의 밑에서, 이경은 제대로 된 반항 한 번 하지 못하고 힘없이 꿈틀거렸다. 흐르는 피가 이경의 밑으로 작은 웅덩이를 만들어갔다. 이경의 몸이 축 늘어졌다.

안 돼. 목청이 터질 정도로 소리를 질렀던 게 목소리였을까, 아니면 나희 자신이었을까?

바닥을 더듬거린 나희는 부러진 커터 칼날을 찾았다. 여자가 나희와 이경을 공격하는 와중에 부러진 심들을 바닥에 제멋대로 버려서 바닥은 1층 복도처럼 커터 칼날투성이였다.

부러진 커터 칼날을 고쳐 쥐자 날카로운 단면이 손바닥과 손가락 사이사이를 파고들었다. 나희는 상관하지 않고 커터 칼날을 강하게 붙들었다. 손에서 고통 같은 건 느껴지지 않았다. 나희는 이경이 잔뜩 씹어놓은 목덜미 아래로 날을 쑤셔넣었다.

뒤로 나가떨어진 여자의 위로 올라타 마구 찔렀다. 허공에서 똬리를 틀던 목이 빠른 속도로 줄어드는 틈을 놓치지 않았다. 탄성을 가진 목 위로 파란 핏줄이 솟아올라 있었다. 나희는 본능적으로 핏줄이 보이는 부분을 노렸다. 부러진 커터 칼날은 여자에게 강한 타격을 입히지 못하고 부서질 정도로 볼품없었으나, 나희는 포기하지 않았다. 부러지면 다른 칼날을 주웠고, 그것마저 부러지면 또 다른 칼날을 이용했다. 끝끝내 여자가 떨어뜨린 커터 칼을 빼앗아 사방을 무참히 베었다. 나희의 밑에서 경련하던 여자의 몸이 천천히 미동도 없이 멈출 때까지.

여자는 그렇게, 나희의 밑에서 목과 얼굴에 수많은 상처를 입은 채로 죽었다. 죽음이 찾아오자 여자의 목은 신기하게도 평범한 길이를 되찾았다.

여자가 죽었다는 사실을 깨닫자마자 나희는 커터 칼을 떨어뜨렸다.

자신이 무슨 짓을 저지른 것인지 보고도 믿기지 않았다. 커터 칼을 쥐고 있던 손바닥의 갈라진 살갗에서 피가 끊임없이 새어 나왔다.

나희가 모든 짓을 저지르는 동안, 이경은 나희의 곁에 고요히 누워 있었다. 이경이 숨소리 한 번 뱉지 않아 나희는 조급해졌다. 나희는 급하게 무릎을 꿇고 주저앉았다.

"박이경, 일어나."

"……."

"야, 일어나. 박이경! 일어나라고, 눈 떠봐……."

새하얀 얼굴이 피범벅이었다. 광대뼈에 박힌 독특한 점은 핏물에 젖어 분간하기가 힘들었다. 나희의 외침에 이경이 간신히 눈을 떴다. 끝이 올라간 두 눈이 흐릿했다. 나희는 이경의 뺨을 붙들고 가볍게 두드렸다.

"박이경."

"응."

"죽으면 안 돼."

"응……."

"나 버리고 가면 안 돼."

이경의 품에 얼굴을 박은 채로, 나희는 서럽게 울었다.

입고 있던 체육복 상의를 벗어 이경의 복부를 꾹 눌러 지혈했다. 체육복을 세게 묶어 고정한 뒤 나희는 비틀거리며 자리에서 일어나 구름다리로 향하는 문을 확인했다. 팔과 옆구리가 여전히 타는 듯이 뜨거웠다. 분명 정신은 멀쩡

한데 어째서 자꾸 휘청거리는지 알 수 없었다.

구름다리로 통하는 문은 당연하게도 열리지 않았다. 나희는 분노에 찬 고함을 터뜨렸다.

“열어, 열라고! 다 끝났으니까 그냥 열란 말이야!”

스피커 속 봉봉이는 어느새 사라져버린 듯, 입도 뻥긋대지 않았다. 비틀대던 나희는 이경의 곁으로 돌아가 창백하게 질린 이경의 얼굴을 살폈다. 이경이 나희의 손을 힘겹게 부여잡았다.

있잖아, 이경이 자그마한 목소리로 속삭였다. 네가 나만 있으면 괜찮을 거 같다고 한 거 말이야. 이경의 목소리가 점점 작아졌다. 나희는 이경의 목소리를 제대로 듣기 위해서 고개를 숙여야 했다.

“나도 그랬는데, 진작 말 못 해서 미안해.”

“…….”

“너한테 버림받을까 봐 무서워서 먼저 널 버렸어. 그것도 정말 미안해.”

피와 오물과 점액들 속에서, 나희는 이경의 머리를 제 무릎에 올려놓고 숨을 골랐다.

이경이 죽어가고 있다. 이경이 나희를 구하기 위해 몸을 날린 대가로 죽어가고 있다. 이경이 죽으면 나희는 학교를 빠져나갈 수 있겠지만, 그렇게 되면 현실로 돌아가는 건 나희 하나뿐이었다. 이경은 사라지는 것이었다. 나희는 사고로 혹은 다른 이유로 이경을 잃을 것이다. 나희의 전부였던 것이, 나희가 세상과 연결되어 있다는 느낌을 제공하는 모든 것들이 사라진다는 뜻이었다.

나희는 이경을 이대로 내버려둘 수 없었다. 이경을 두고 홀로 살아남는 건 싫었다.

그렇다면 할 수 있는 건, 희미한 가능성에라도 매달리는 것이었다.

"야, 이경아."

"……."

"박이경, 박이경."

"나 아직 안 죽었으니까 시끄럽게 굴지 좀 마."

나희는 이경을 흔들어 깨웠다. 아직 잠들지 마. 할 일 남았어. 단호한 목소리에 이경이 희미하게 웃었다. 이제 와서 뭘 하려고. 나희는 점액을 뒤집어쓴 한 쌍의 만년필을 찾아냈다. 서로를 노리기 위해 각자의 층에서 소중히 가져온 것들이었다. 만년필은 붉은 피와 점액으로 얼룩져 누구의 이니셜이 새겨진 건지 도통 분간할 수 없었지만 지금 상황에서 크게 중요하지 않았다.

나희는 만년필을 양손에 쥔 채로 침착하게 설명했다. 박이경, 잘 들어. 이경은 나희의 말을 제대로 듣지 않고 이상한 노래를 흥얼거렸다. 흠, 흐음, 흠, 흐으음…….

"방법이 있어."

"방법?"

"우리 둘 다 합격자가 되는 방법."

사뭇 비장한 나희의 태도에, 이경이 그제야 노래를 멈추고 집중했다.

"동시에 찌르는 거야."

"뭐?"

"내가 너를, 네가 나를 동시에 찌르는 거라고. 같이 죽는 거야, 동시에."

"무슨 말을 하는 거야?"

"상대를 죽이는 데 성공한 사람만이 문을 열 수 있고, 문이 열리면 합격자가 되어 살아남는 것이다. 0교시 살의 영역은 합격자를 꼭 필요로 한다."

나희는 기계처럼 봉봉이가 했던 말을 읊었다. 자꾸만 수마로 빠져들려는 이경을 간신히 붙들고 지껄였다.

"우리가 동시에 서로를 죽이는 데 성공하면, 둘 다 합격자가 될 수 있을지도 몰라."

"그게 뭐야……. 말도 안 되는……."

쏘아붙이던 이경이 복부를 부여잡은 채로 기침을 쏟아냈다. 남은 시간이 많지 않았다. 나희는 다급하게 이경의 손에 거듭 만년필을 쥐여주며 약속했다.

같이 살아남는 거야. 여기서 나가자. 나가면 예전보다 더 잘해줄게. 더 노력할 게. 나가서 같이 맛있는 거 먹으러 가면 어때? 있잖아, 원래 단번에 고쳐지는 마음 같은 건 없는 법이래. 그러니까 기다릴게. 오래 걸려도 괜찮으니까 기다릴게. 걱정하지 마. 기다릴 테니까. 같이 가자.

잠자코 나희의 약속을 듣는 이경의 얼굴 위로 잔물결 같은 웃음이 번졌다. 끝이 올라간 두 눈이 휘어지고, 광대뼈가 솟아올랐다. 나희는 이경을 따라 웃으며 만년필을 쥐고 이경의 목 부근을 겨냥했다.

송나희 양? 박이경 양? 제 목소리 들리나요? 음, 지금 두 분이 아주 큰 실수를 저지르고 있는 것 같은데…….

다급한 봉봉이의 목소리가 두 사람을 붙잡았다. 나희는 잠시 스피커가 있는 것으로 추정되는 벽을 바라보았으나, 곧 미련 없이 고개를 돌렸다. 이경 역시 봉봉이의 목소리

따위는 이제 들리지 않는 모양이었다.

뭘 더 잘하겠다는 건지, 참 나. 좀 징그럽다. 그런 명언은 또 어디서 주워들었대? 아직 빈정댈 힘이 남아 있는지 이경이 예전의 어느 순간처럼 나희를 놀렸다. 나희는 명언의 출처가 봉봉이라는 것은 이 상황에서 굳이 밝히지 않기로 했다.

두 사람은 마지막 힘을 끌어모아 서로의 목에 만년필을 가져다 댔다. 근데, 정말 만년필로 죽을 수 있을까? 이경이 갑자기 산통을 깼다.

"진짜 말 많다, 너. 마지막 희망에라도 걸어보자는 거잖아."

"응."

피로 미끈거리는 이경의 손이, 나희의 손을 다시 굳세게 부여잡았다. 나희는 핏물이 꿀럭꿀럭 흘러 나오는 손바닥으로 이경의 손바닥을 힘주어 눌렀다.

두 사람은 마지막으로 두 눈에 서로의 얼굴을 담았다. 피와 오물로 얼룩져 영원히 잊을 수 없는 꼴이었다. 이경아. 응. 나희가 이경의 이름을 불렀고 이경이 대답했다.

"죽어도 죽지는 마."

"……."

"밖에서 보자."

"응."

송나희 양, 박이경 양! 잠시만요, 멈춰요! 멈추라고요!

만년필촉은 정확히 서로의 목에, 여린 살갗에 박혔다.

모든 게 희미해지는 와중에 피가 사정없이 튀었다. 쓰러진 두 사람의 아래로 핏방울은 웅덩이가 되어 얕게 고였다.

그렇게 끝이 났다. 학교가, 숨 쉬는 점액들이, 피비린내가, 손바닥의 고통과 옆구리의 통증이 모두 멀어지는 가운데 마지막으로 봉봉이가 분개하는 소리가 어렴풋하게 들렸다. 스피커 너머에서 무언가 부서지고 박살 나는 소리가 한동안 이어지더니, 거대하고 육중한 중문이 마침내 양 옆으로 벌어졌다. 봉봉이는 잔뜩 쉬고 갈라진 목소리로, 애써 발랄한 척 목을 가다듬었다. 얄미운 노란 얼굴에 마침내 한 방을 먹인 것 같아 죽는 와중에도 나희는 설핏 미소가 났다.

큼, 큼! 주목, 주목! 0교시 살의 영역 합격자가 탄생했습니다! 0교시 살의 영역 합격자가, 탄생했습니다…….

에필로그

알람이 사납게 울렸다. 이경은 침대 위에서 눈을 떴다.

자리에서 벌떡 몸을 일으키자마자 이루 말할 수 없는 허기가 밀려들었다. 손발이 벌벌 떨릴 정도로 배가 고팠다. 나희에게 메시지를 보냈지만 답장은 돌아오지 않았다. 채워지지 않는 공허함이 마음 한편에서 자꾸만 떠돌아다녀서, 이경은 등굣길에 편의점에 들러 참치마요 삼각김밥 하나를 샀다.

마음 같아선 여러 개를 사서 모조리 쑤셔넣고 싶었지만 여전히 선뜻 손이 가지 않았다. 나희의 말대로, 단번에 고쳐지는 마음 같은 건 없는 법이었다. 모든 상처에는 회복의 시간이 필요하기 마련이므로. 그게 어떤 종류의 상처든, 상처가 깨끗하게 아무는 데는 시간과 노력이, 의지와 애정이 필요하다. 길고 긴 시간이, 누군가의 애정 어린 마음이.

그럼에도 불구하고, 그 모든 시간과 노력과 의지와 애정에도 불구하고 상처가 완전히 아물지 않는 경우도 있을 것이다. 틈만 나면 흉터가 쑤시고 아파 모든 걸 게워내게 될지도 모른다. 여러 개의 삼각김밥을 만족스럽게 즐기는 순간은 영원히 오지 않을지도 모른다. 그건 그것대로 또 괜찮았다. 흉터가 쑤실 때마다, 하나의 삼각김밥을 겨우 삼킬 때마다 곁에 있어줄 사람이 있다면.

이경은 편의점 의자에 앉아 참치마요 삼각김밥 하나를 오래도록 씹었다. 쌀의 단맛과 마요네즈의 짜릿함을 온 마음을 다해 만끽했다. 여전히 나희에게 답장은 오지 않은 상태였다. 삼각김밥의 마지막 조각을 목구멍으로 밀어 넣으며 이경은 나희가 사라진 세상을 잠깐이나마 상상해보았다. 송나희가 없는 세상. 날 이해해주는 유일한 사람이 사라진 세상.

아니야. 이경은 자신을 향해 되풀이했다. 송나희는 틀리지 않아. 송나희가 틀렸을 리 없어. 스스로를 안심시키는 목소리는 분명 박이경 자신의 것이었다. 언젠가부터 이경의 귓가를 떠나지 않았던 목소리는, 어느새 존재하지 않았던 것처럼 깨끗이 사라지고 없었다. 이경이 불안해질 때마다, 걷잡을 수 없이 심연으로 가라앉을 때마다 이경을 비웃고 조롱하던 그 목소리. 이경을 차갑게 식히고 살의를 부추기던 그 목소리.

학교는 여전히 소란스럽고 활기찼다. 이경이 등장하자 교문을 지키던 선생님이 웬일로 일찍 등교하느냐며 웃었다. 이경은 꾸벅 인사를 하며 대충 대답을 넘기고, 주위를 바삐 돌아보며 나희를 찾았다.

답답할 정도로 길게 자라 눈썹을 한참 전에 덮어버린 앞머리. 그리고 애매한 미소. 아니, 이제는 흠잡을 데 없이 자연스러운 미소를 찾아 운동장을 달렸다. 모래 알갱이들이 흩날리는 운동장과 스탠드, 그 어디에도 나희는 보이지 않았다. 별관의 동아리실과 매점에도, 본관의 1층부터 5층까지를 무섭게 뛰어다녀도 마찬가지였다. 나희를 찾아 달리는 내내 흉터 하나 남지 않은 복부와 팔이 끊어지게 아파서, 결국 이경은 3층 복도 한가운데에 멈춰 서야 했다.

그토록 열리지 않았던 중문은 얄미울 정도로 활짝 열려 있었다. 그 너머의 구름다리를 통해 많은 학생이 바쁘게 오고 갔다. 인파 속에서도 나희는 보이지 않았다.

딩동댕동.

1교시를 알리는 종이 울렸다. 학생들이 썰물처럼 제자리를 찾아 사라졌다. 우리 학교 종소리가 원래는 이렇게 평화로웠지. 이경은 문득 떠오르는 무시무시한 멜로디를 무시하며 텅 비어버린 구름다리를 노려보았다. 이상하게 구름다리에서 눈을 뗄 수가 없었다. 여기서 포기하고 교실로 돌아갈 수 없었다.

송나희는 박이경을 위해 포기하지 않았으니까. 어떻게든 두 사람 모두 합격자가 될 수 있는 방법을 찾으려 했으니까.

구름다리 쪽, 별관으로 이어지는 문이 열리고 닫혔다. 그 틈으로 조그마한 학생 한 명이 걸어 나왔다. 점점 가까워진다. 이경을 향해 다가온다.

답답했던 앞머리가 어느새 짧아져 눈썹이 훤히 드러난 얼굴이었다. 그 누구보다 강한 존재감을 뿜어내는, 이경에게 무엇보다 중요한 얼굴.

나희는 구름다리 끝에서 더 다가오지 않고 멈추었다.

"안녕……."

"응, 안녕."

이경이 먼저 인사를 건넸고 나희가 답했다.

봉암여자고등학교 6월 모의고사의 저주는 두 사람을 비껴갔다. 끊어지게 아픈 팔과 복부와 옆구리를 부여잡으며, 두 사람은 한참이 지나도록 움직이지 않고 그렇게 서로를 향해 웃었다. 오래된 살의와 또 다른 살의가 깊게 고여 있는 땅, 케케묵은 살의가 차곡차곡 쌓여 빚어진 학교에서.

작가의 말

학교를 배경으로 한 이번 이야기를 쓰기 전, 문득 나의 학창 시절을 떠올려보았다. 어떤 순간은 못 견디게 즐거웠고 또 어떤 순간은 그저 죽고 싶었던 그때를. 학창 시절의 나는 그 어느 때보다 찬란하게 빛났을 테지만, 죽어도 돌아가고 싶지 않다고 결론을 내렸다. 찬란하게 빛나는 만큼 비참하게 추락하는 날들 또한 많았으므로.

학창 시절은 모두에게 그런 순간이라고 생각한다. 불안하고 변덕스러운 나날들. 그래서 상대에게 품은 마음도 빠르게 바뀐다. 죽고 못 살 것 같았던 친구가 죽도록 미워지기도 하고, 사랑했다고 생각한 친구가 당장 죽어버리기를 필사적으로 기도하게 되기도 한다. 사랑과 살의가 한 끗 차이로 변덕스럽게 뒤집히는 시기의 혼란스러운 마음에 대한 이야기를 하고 싶었다. 나는 그 애를 사랑하고 싶은 걸까, 죽이고 싶은 걸까. 나희와 이경은 답이 명확하지 않은 질문 사이를 헤매지만, 결국 스스로 올바르다고 믿는 길을 향해 나아갔다. 우리 모두가 그랬듯이.

이야기의 시작을 함께해주신 최웅기 편집자님과 끝을 매듭 지을 수 있도록 도와주신 박서령 편집자님께 깊은 마음으로 감사드린다. 여기까지 읽어주신 독자분들께도 정말 감사하다는 말씀을 드리고 싶다.

누구나 공감할 수 있는 학창 시절의 추억에 약간은 사랑스럽고 조금은 끔찍한 친구들을 살짝 첨가해보았으니, 부디 그 친구들을 너무 미워하지는 말아주셨으면 좋겠다.

배예람

살인을 시작하겠습니다

초판 1쇄 인쇄일 2024년 9월 20일
초판 1쇄 발행일 2024년 9월 30일

지은이 배예람
펴낸이 강병철
편집 박서령 박진혜
디자인 홍선우
마케팅 최금순 이언영 연병선
송의정 성채영
제작 홍동근

펴낸곳 이지북
출판등록 1997년 11월 15일 제105-09-06199호
주소 (04047) 서울시 마포구 양화로6길 49
전화 편집부 (02)324-2347, 경영지원부 (02)325-6047
팩스 편집부 (02)324-2348, 경영지원부 (02)2648-1311
이메일 ezbook@jamobook.com

ISBN 979-11-93914-41-0 (03810)

“콘텐츠로 만나는 새로운 세상, 콘텐츠를 만나는 새로운 방법, 책에 대한 새로운 생각”
이지북 출판사는 세상 모든 것에 대한 여러분의 소중한 콘텐츠를 기다립니다.